独り言のようなつぶやきが目の前で聞こえる。

「そうか、薫が過去のことだっていうなら、」

言葉の最後は、ザアッとさざめく音にかき消された。

ラ・エティカの手紙

名嘉あいか

イラスト
yoco

SHY BUNKO

Contents

【ラ・エティカの手紙】

Carta de La `Etica.

色素の薄い空に、枝を広げた細い低木が蕾《つぼみ》をつけて揺れている。三月をはじめた街は昼も夕も代わり映えせず、強い風ばかり吹いている。歩道にいる女性はスカートを押さえ、悪戯《いたずら》な大気の仕業に立ち止まる。

岸和薫《きしわかおる》は、殺風景なビジネス街を眺めながら、緩い暖房に包まれる助手席で肘をついた。

……寒いのはもういいから、早く桜の季節になってくれないかな。

目的地へ向けて走る車内で薫は息をつくと、春を象徴する色彩を脳裏に描いた。

薄ピンクの花弁。女性的な流線形。都心を美しく飾る天然のデザイン。

商品パッケージの図案へ取り入れれば、甘やかな雰囲気も艶《あで》やかな装いも引き出せるだろう。人工のビルディングを眺めているより、自然の織り成す色合いを見ているほうがアイディアは浮かびやすい。花々は色彩の先生だ。フォルムもデザインの参考になる部分は多い。

これから迎える春は最も感性が広がる季節だ。本当は郊外へ出向いて椿《つばき》や梅や桃の花を観賞したいところだが、このところ仕事が立て込んでいてそんな時間はつくれない。今の調子では、夏まで長期の休みも取れないだろう。去年の夏、三週間もスペイン旅行をしていたことが遠い昔のようだ。

……桜を見に行く時間くらいはつくろう。花見は、また今年も事務所の皆で行くんだろうけど。

薫の職業はグラフィックデザイナーだ。ポスターやロゴ、パッケージのデザインが主で、

ＷＥＢ等より実体のある商品や紙媒体に活用されている。専門学校に通っていた頃からフリーで活動していたが、今は隣で運転している春里一棋《はるざとかずき》のデザイン事務所に所属している。

つくりなおされたばかりの大通りで若木が身を揺すり、その横でさまざまな車種がひっきりなしに通過していく。乗っているモスグリーンの車は、薫が退屈な視線をかざすと同時に交差点の手前で止まった。

「今日もすごい風だよなあ」

運転手の一棋が助手席に声をかける。彼の言うとおり、停車すると風の音がよく聞こえた。

「昨日が春一番だったんだってさ」

顔を背けながら応える薫に、一棋はへえ、とつぶやく。

「先週もう終えたと思ってたけど、昨日だったんだ」

春一番、と宣言したのは薄ピンクのコートを着た女子リポーターだ。昨夜、テレビ画面越しに愛想を振りまいていたが、薫は『これがロングコートを着た男前だったら、テンションもあがるのに』と、思いながら見ていた。今日の天気は晴れのち曇り。彼女の説明どおり、季節はまだ冬めいている。

青信号で車が動くと、薫は頭の中で新たにデザインを起こす準備をしながら、カーナビの自動音声を聞いた。目的地へは、二〇〇メートル先を右折。ほかの案件がまだ微妙に満了していない薫からすれば、この移動すら億劫《おっくう》だ。

今日から携わるのは、上半期一番の大きな案件になる。この日のために前倒ししてこなした仕事もあり、依頼自体を先延ばししてもらった案件もあった。いつも二、三件ほど同時進行で仕事を進めている薫にとって、久しぶりに一点集中で携わる依頼だ。

……デザインの仕事は好きだけど。こういうお堅いビジネスみたいな雰囲気は嫌いなんだよなあ。

気乗りしない薫の表情を察したのか、スピードを落とした一棋が尋ねる。

「薫、クライアントのビルはそこだけど。先に降りとくか？」

その言葉に、薫は首を横に振った。

「いい。駐車場まで一緒に行く」

「先に中に入ってたほうが楽だと思うけど」

「でも、おれが受付のところに行っても、よくわかんないし」

「先方が薫を指名してるんだから、名前を言えばすぐ通してくれるんだよ」

ビルの正面玄関を過ぎ、赤信号の前で一棋の車は止まる。眼鏡をかけた年上の彼は薫の言い草に苦笑していた。

春里一棋も本業はデザイナーだが、普段は別業務で動いている。薫にとって七つ年上の雇い主だ。一棋とは行きつけのアートカフェで、小さな個展を開いたときに知り合った。はじめは飲み友達の関係だったが、才能を見込まれて事務所に来てほしいと口説かれた。フリーのときと変わらない自由を保障するから、という約束を信じて彼の事務所へ入社したのが三年くらい前の話だ。今は大企業からの依頼も増えている。一棋が熱心に営業をかけているというより、単純に薫のデザインセンスが世間で評価されはじめているからだ。

今回も、もれなくそのパターンで舞い込んできた仕事だった。依頼内容は、女性向け栄養ドリンクのパッケージデザイン全般。去年初頭に薫が携わったある化粧品のパッケージデザインが注目を集めたことで、市場リサーチしていた大手製薬会社の目に留まったらしい。

自分のデザインが高く評価されることは、薫にとっても嬉しい話だ。大きな依頼が増えるのもありがたい。ただ、薫は求められるデザインを描くことが好きなだけで、それで有名になりたいだとかお金持ちになりたいといった向上心はなかった。対面の打ち合わせは何度経験しても慣れないし、特にお堅い企業は保守的でやりづらいことも多い。新しいことを求めるわりに慎重で、デザインの修正や調整にやたら時間をかけるからだ。

今回の商品については、ラベルや箱のデザインを描くだけでなく、使用する瓶の選定から販促品、広告媒体のデザインまで薫のセンスが活用される。代表を務める一棋にも、薫の本領が発揮されるところだよ、と先日事務所で期待するような笑みを投げられた。

……先方へは、言われたことだけを答えるくらいで、あとは猫かぶって一棋さんに任せよう。

思っていたことが顔に出たのか、右折へのハンドルを握る一棋が口を開いた。

「こういう顔合わせは、やっぱり苦手？」

はっきり訊《き》かれると、素直に頷《うなず》くしかない。

「苦手っていうか、拘束される感じがするっていうか。顔合わせなんて一棋さんとこに入ってからだよ。フリーのときはメールか電話のやり取りが基本で、こんなの一度もなかった。知り合い経由で直接の依頼とかはあったけどさ」

「引きこもりの子みたいだなあ」

ふてくされた子どもみたいな発言に、一棋が呆《あき》れたような声を出す。

「デザイナーは基本的に引きこもりの仕事だよ」

「そりゃそうだ。でも、薫は別に引きこもりじゃないよな」

「だって、外に出ないとアイディアは出てこないじゃん。おれも天才じゃないし。そういう意味では、こういうあんまり来ないオフィス街に来るっていうのは刺激になるんだけど。でも、やっぱり色がないんだよなあ。飽きるっていうか、あんまり面白くない」

歩く人々も、ここらではオフィスカジュアルが限界らしい。つまらない。

「それは言えるなあ」

同じデザイン職の一棋も、ハンドルを握りながら同意してくれる。彼らの乗る車は地下の駐車場に潜っていた。窓の外はコンクリート一色になっている。

「好みの背広の男はいた？」

面白がるように彼がこんなことを言いだす。一棋は薫が以前アートカフェで『男のスーツ姿には色気がある』と話していたことを覚えていたらしい。

薫は肩幅のある男性の肉体に惹《ひ》かれる性質だ。ゲイというよりもバイセクシャルだが、女性の柔らかさよりも男の胸板に抱かれたい気持ちのほうが強い。

「うーん」

車から見た風景を思い返しながら、薫は唸《うな》った。窓の外からなんとなくスーツ姿のチェックはしていたが、ピンとアンテナが立つ感覚はなかった。

「男のスーツはやっぱりいいなって思うけど、好みの着こなしはまだいないな」

「難しいな、薫の好みは」

客人用の駐車スペースを見つけた彼は相づちを打った。

一棋はノーマルだが、周囲に同性愛重視の人間が多すぎて、どんな恋愛沙汰にも寛容だ。薫と一棋を引き合わせた鏑木《かぶらぎ》新《しん》というアートカフェのマスターもゲイである。一棋の再従兄《はとこ》にあたり、薫が最もお世話になっている年長の友人だ。

「でも、シンさんには、容姿より雰囲気重視だわねって言われたよ」

言い草も真似て言うと、一棋が苦笑する。確かに新の言い分は間違っていない。でも、今まで薫のカレシになった男は比較的顔が整っている。一棋はそれをよく知っている表情だ。

「じゃあ、僕の背広姿は、薫のお眼鏡にかなっているのかな」

車をバックさせる一棋を薫は見つめた。いつも銀縁の眼鏡をかけている細身の彼は、珍しくスーツに細身のネクタイをしていた。普段も落ち着いたブリティッシュスタイルの着こなしで知的な雰囲気を漂わせているが、薫の好みではないから欲は生まれない。意識したとしても、センスを真似したいと思うくらいだ。

今日の薫の服装は、実のところ一棋に少し合わせていた。紺のシャツにベスト、ネクタイといったシックな服装は通常選ばない。素肌にセーターや明るい色のVネックのトップスといった、首回りが緩いほうが好きなのだ。鎖骨も綺麗に映える。でも、お堅い製薬会社の顔合わせにはそぐわない。

冗談で言ったとわかっている薫は、男を魅せる上目遣いで彼の視線を待った。すぐに一棋が気づく。

「一棋さん。おれと試してみたいの？」

誘うような甘い言葉尻を、一棋は慣れたように笑みではじいた。

「遠慮しとくよ。さて、着いたぞ。仕事モードだ」

場を転換させるのが上手い彼に従って、薫もドアに手をかける。

駐車場は静かで風もない。厚手の上着は車内に置いたままにして、後部座席に投げていた鞄を取る。腕時計を見ると、打ち合わせ時刻の一〇分前。二人はエレベーターを使って、まずは一階の受付へ向かった。簡単な手続きを済ませ、来客用のネームプレートをもらう。指定場所で待っていると、エレベーターホールから担当の女性社員があらわれた。

パステルカラーのツーピースを着た小柄な女性は、簡単な挨拶をして二人を誘導した。自社ビルを持つ企業へ足を運んだのははじめてだ。物珍しく社内を眺める。七階の一室に二人は通された。

用意された会議室は縦長で、正面は一面ガラス張りだった。大手の堅実な製薬会社という自由度の低い世界に窮屈さを感じていた薫は、この大きな窓を見てホッとした。蒼色《あおいろ》が薄くても、空は空だ。会議室も薬品臭くはなく、オフィス家具にしては少し高級感があるテーブルと椅子が並んでいる。来客用のミーティングルームと言ったほうがよさそうな感じだ。

案内してくれた女性社員は一度場を離れ、すぐトレイを持って戻ってきた。ホルダーに入ったプラスチックカップのコーヒーが手元に来たと同時に、彼女と目が合う。薫のきれいな顔立ちに興味をもったことが直感的にわかった。薫は人の好意を見抜くのが得意だ。

「少々お待ちください。まもなく、まいりますので」

そう口にしたセミロングの彼女は、もう一度薫に視線を送って部屋を離れた。老舗企業らしく、受付専門の社員が何人もいるのかもしれない。軽い憶測をしつつ隣へ顔を向ける。

「これ、何時に終わると思う？」

薫の子どものような発言に、一棋は呆れてみせた。

「今日は顔合わせと商品説明だけだから、何時間もかからないと思うよ。クライアント側もコンセプトをしっかりまとめてあるみたいだから。このあと予定でもはいってるのか？」

「ないよ。ひとつ明日締切の最終校が残ってるくらいで。おれ、今は自由の身だし」

「自由の身？　って、去年の夏に金持ちつかまえたとか言ってたヤツ、振ったのか」

仕事モードに切り替えると言いながら、一棋は訊き返さざるをえなかったようだ。

彼は自分のデザイン事務所に呼び入れてから、薫の奔放な恋愛と子どもっぽさに改めて気づいたらしい。ときどき雇い主ではなく、ただの兄貴分に変貌する。

「おれは、楽しいヤツは好きですけど、口うるさいのと束縛するヤツは大嫌いです」

面倒見の良い一棋に、薫は相手を振ったときと同じ台詞《せりふ》を吐いた。

去年付き合っていた男は資産家で確かに金はあった。同年代でそれなりに話が面白く、日本人とドイツ人のハーフで格好も良かったが、付き合いが深まるごとにアレコレ口を出すようになり、連絡もしつこくなっていったのだ。束縛がはじまれば、美味《おい》しい食事も旅行もプレゼントも色褪《いろあ》せてつまらないものに見えてしまう。

「バルセロナに行けて嬉しかったとかなんとか言ってたのに」

「そのときは楽しかったよ。デザインの勉強になったし」

でも、デザインを描く繊細な作業の邪魔をする男ならば願い下げだ。サバサバしたドライな関係でいたいという期待を潰してくれたから、薫は冷たい顔をしてハーフのイケメンを振ったのだ。

見た目が色白で細面のせいか、神経質で几帳面《きちょうめん》だと思われやすい薫だが、性格は裏表なく好奇心旺盛で甘え上手とあって、簡単に恋人や遊び相手はつくれていた。しかし束縛と依存を厭《いと》うせいで交際が続かず、十何回も出逢いと別れを繰り返している。人に深入りさせないことは薫の大きな短所ともいえるが、大事なデザインづくりに理解がない人間は心底嫌いなのだ。一緒にいるときはスキンシップや楽しい会話もしたいけれど、離れているときまで干渉してくる恋人なんていらない。孤独でいたほうがマシだ、と、はっきり言える気高さを見せる薫のことを『顔立ちのいい猫』と形容する男もいた。

「過去は振り返らないと決めてるんで。仕事モードなんじゃないの？」

話題を逸《そ》らす薫の返答に、一棋もここが製薬会社の会議室であることを思い出したようだ。

「そうだった。って、薫に諭されるとは思わなかったな」

「おれは食いついてくると思わなかった」

「食いつくよ、薫は大切な友人なんだから」

心配顔が、ゴシップを楽しむ表情に変わった。それもまた室外のかすかなざわめきで切り替わる。

「来たよ」

小さな声とともに、腰をあげる。薫は本日のメイン業務へ視線を合わせた。

「お待たせいたしました」

はじめに登場したのは上品なスーツを着た女性だ。薫はすぐに彼女がチームリーダーだと気づく。その後ろにいた女性は、薫たちを七階の会議室まで連れてきた社員だ。案内係かと思っていたが、今回依頼してきたチームのメンバーだったらしい。

次いであらわれた男が二人、それぞれ配る書類と箱を持っている。男の一人は女性社員と同い年くらいだろうか。男にたいしてつい値踏みをしてしまう癖がある薫は、女性よりも男性社員のほうを注意深く見定めた。

一人目のスーツは、チャコールグレー。センスの良いパートナーがいるはずだ。左薬指に細いリングがはまっていることを見逃さなかった。

……それに比べて、最後に来たほうは相手がいるか微妙なところだな。

最後尾に立つネイビーのスーツ姿の左薬指を確認する。彼は一人目に比べ身長があって、腰の位置は高い。体型も太っていないが、細くもない。スーツの中身が筋肉質で、あと顔が良ければ最高だな、と男の相貌を見るべく目線を上げた。

……え。

そして、彼の顔を見て、薫はハッとしたように瞳を大きく見開いた。

……嘘だろ。

男も、同じように薫を見つめている。射貫くような視線に、血の気が引いた。

……健祐《けんすけ》！　なんで、健祐がいるんだよ！

目の前の男の名前を叫びそうになったのを、薫は必死に飲み込んだ。一瞬でパニックになった頭を慌てて隣の一棋へ向ける。

「お忙しい中、弊社までお越しいただいてありがとうございます」

「こちらこそ、」

一棋はデザイン事務所の代表らしい表情で、クライアントの女性チーフと挨拶をはじめていた。薫の心情が無視されているのは当然だ。仕事の話をしに来たわけで、次にすべきことも決まっている。

目の前で繰り広げられる皆の動作を、薫は呆然《ぼうぜん》としたまま見つめていた。そんな薫の異変に一棋も気づいたらしい。軽く脇を小突く。

「岸和くん、名刺、」

代表に促されて、薫は一社員としての冷静さを取り戻した。慌てなくてもパンツのポケットに名刺ケースがあった。大渦を巻く感情をなんとか押し込めて、薫は肩書きどおりの動作と口ぶりを事務的に使った。

「グラフィックデザイナーの岸和薫です。宜《よろ》しくお願いします」

「商品開発部二班主任の嶋津《しまづ》香苗《かなえ》です。お会いできて嬉しいです」

薫に大人っぽい秋波を送る嶋津主任は、どう見ても薫に会いたかったと言わんばかりの表情をしていた。気がそぞろながら薫も微笑む。

「こちらこそ、嬉しいです」

気分は嬉しいなんてものではない。

……待って、なにが起こってんの？　どうして？　なんでここに、健祐がいるんだ？

疑問符ばかりが、脳内ではじけ飛んでいる。

ふるえそうな手をどうにか抑え、次の名刺を取り出した。

一棋に続き、コーヒーを置いてくれた女性が立花愛子《たちばなあいこ》という名前だと知る。その次の男性社員は倉持翔悟《くらもちしょうご》。ここは、紛れもなくビジネスの場だ。

……いや、こんなところに健祐がいるわけがないんだから、コイツは他人の空似ってこともある。

そうであってほしいと願いながら、心の中で大きく深呼吸をした。

最後の男が、目の前に立って薫に名刺を差し出した。

「新開《しんかい》健祐です」

胸に描いた他人の空似説は瞬く間に崩れ去った。

その声に言われたとおり、この容姿で新開健祐という名前は地球上にただ一人しかいない。

動揺を押し殺しながら、薫は彼の名刺をもらい、自分の名刺を渡した。

「……岸和薫です」

健祐の顔を見ることはできなかった。

一通り挨拶が終わって着席する。立花は進行役となって、開発商品の概要を話しはじめる。薫は現状が理解できないまま、混乱していた。

新開健祐とは高校卒業以来、ほぼ一〇年ぶりの再会だ。彼が学生時代の単なる友人であれば、逆にリラックスしてこの案件に携わることができただろう。しかし、健祐はダメだ。絶対にダメだ。

……他人行儀で名刺交換する日が来るなんて、なんなんだコレは。

あの健祐が、クライアント側の社員として斜め前に座っている。地元ではなく、東京という大都会の一角で、絶対に会いたくないと思っていた男が座っている。

まるで、一〇年間沈下していた重い泥を一気にかき回した気分だ。薫はテーブルの下にある手を強く握り締めた。自分の動揺から、いまだに過去が整理しきれていなかったことも思い知った。記憶は封印しておけば勝手に風化してくれると楽観視していたが、案外そういうものではなかったらしい。

……それ以前に、健祐が地元を離れていること自体がおかしいんだよ！

薫の知っている新開健祐は、地元の国立大医学部に通っていて、卒業後は実家の新開病院で医師をしているはずなのだ。次男とはいえ、大病院の息子である彼がのんきに上京して働いているはずではない。

……健祐が東京にいる。アリエナイ。健祐が会社勤めをしている。それこそ、アリエナイ。

都内の製薬会社に健祐が勤めているという盲点。医学部に進んだ人間全員が医者になるわけではないことも、薫はよく知っている。実母が外科医で、数年前まで健祐の親が経営する新開病院の救急医療に籍を置いていたのだ。薫自身も元は医者を志していて、健祐と一緒に地元の大学の医学部へ通う約束もしていた。事実、医学部の受験は合格したが、薫はなにもかも捨てて上京した。すべて健祐から逃れるための決断だった。

……この場から、今すぐに逃げだしたい。

視線を落として、彼の存在を無視しようと努力する。しかし、先方の主任が健祐の名前を口にする。

「新開は、製品開発部との橋渡し役を担っています。彼から、ドリンクの中身について簡単にご説明いたします」

「はい」

開発商品の成分説明は健祐の受け持ちらしい。彼の返事が室内に響いただけで、自分の肌がヒクッとふるえてしまった。

「まだ開発段階なんですが、サンプルを入手したのでお見せします」

そう言った健祐の声は、学生時代より大人びた深みのあるものになっていた。懐かしく感じるとともに、彼の声質の良さも思い知る。いろんな男の声を知っているが、彼の声は人に聞く耳を持たせる心地良さがあった。人と接する仕事に向いている声だ。説明もわかりやすく滑らかで、こうした打ち合わせに慣れているとわかる。本当に製薬会社の社員らしい振る舞いをしている。

だからこそ、余計に薫は予想もしなかった現実と学生時代のギャップに戸惑った。軽く俯《うつむ》いたままでいれば、隣に座る一棋から指で太腿《ふともも》を突かれた。実演くらい見なさい、という素振りだ。

薫は仕方なく視線を慎重に上げた。目が合った健祐は動揺していなかった。液体の具合と配合成分について話している。薫も不自然にならぬよう、そっと目を逸らして彼の手元を見た。サンプルの商品よりも、それを動かす節ばってゴツゴツした指のほうが気になった。

学生時代、薫はあの手に散々愛撫《あいぶ》され、健祐の身体を甘えるように受け入れていた。

……こんなところで、思い出すな、アレを。

忘れたい過去を振り切るように、目に力を入れた。

彼が傾けた先から、琥珀色《こはくいろ》のとろりとした液体がプラスチックの透明な容器へ落ちる。容量は五〇ミリリットルと決まっているらしい。

健祐の成分説明と実演が終わり、嶋津主任が新商品の狙いを話す。

「先ほど申しましたとおり、寝る前に飲むリセット系の栄養ドリンクと成分はかなり違っています。一仕事を終えた後に、遊ぶ前とか深夜まで活動するときに、または徹夜明けに元気を取り戻すようなエナジーチャージ系ですね。ただ、こちらは女性的なパワーを注入するような女性向けのドリンクになります。女性の皆さんが気にされる肌荒れの対策や保湿の成分は残します」

「そうなんですか。女性向けの栄養ドリンクにしては珍しいタイプですね」

一棋の相づちに、彼女は笑顔で頷いた。

「ええ、弊社でもはじめて取り扱うタイプのドリンクになります。この手のもので、女性向けに特化したものは他社さんでも最近少しずつ出てきてはいるんですが、まだまだ発展途上段階というか。開発の余地が充分あるので、こちらとしては個性を出していきたいんですね。当商品は、弊社でも本年度の目玉の一つになる予定なんですよ」

書類をめくった立花が、女性らしい口元を開いてつなげる。

「販売についてですが、九月を予定しています。ターゲットは二〇代以降の社会人女性。流通は、はじめは主要都市圏のコンビニエンスストアが主になります」

「深夜も営業しているようなところに置いてもらう予定で、販売前にモニターも実施することになっています。はじめはコンセプトを認知させることがメインなので、販促品をつけることも考えています。ドリンク剤としては珍しいやり方になりますが、新しいことをしてみたいと思っているんですよね」

そして大まかな価格設定が伝えられ、メインのデザインについて話題が続いていく。薫が主役の内容になっても、当人は置物のように黙っていた。

健祐は、役目を終えた表情で隣の倉持と小声で話をしながら紙袋を開いている。元々そこまで喜怒哀楽が顔に出るタイプではないが、薫を見ても平然としている。その様子が薫の癪《しゃく》に障った。

……こっちは一〇年ぶりに逃げ出した相手と再会してテンパッてるのに、なんだコイツは。

時間が経つにつれて、次第に平静さを取り戻すより怒りのほうが込み上げてきた。

「実は社内で、蠱惑的《こわくてき》なデザインは栄養ドリンクに不釣り合いではないか、といった意見もあったんですけど。社内の女性社員にアンケートをしたら、岸和さんのデザインがすごく人気があったんですよ」

薫の混乱をよそに、彼らは起用デザイナーを持ち上げる会話をはじめている。

「ここでこんな話をするのもなんですが、去年某化粧品会社さんで発売されたマスカラとリップがありましたよね？」

「はい、ありました。岸和くんがパッケージデザインしたものですね」

一棋の台詞から、全員の視線を受ける。薫は現実を思い出したかのように軽く会釈した。

正直、終わった仕事のことはあまり覚えていない。

「あのマスカラとリップなんですが、弊社の女性社員の三分の一くらいがどちらかを購入していたんですよ。デザインに惹かれたからという理由で」

主任との関係が良好なのか、立花が女性らしい話に割り込んだ。

「実は私も、マスカラのほうを買ってたんです。魔法のスティックみたいな感じが女子の心を刺激したというか。実際商品もノリはよかったですし、なによりデザインが素敵で持ちやすいっていうのがすごくよくって。……それが男性のデザインしたものだと知って、すごくセンスがある方だと思ったんです。それもあって、私が推したんです」

どうやら薫を推薦したのはこの彼女だったらしい。表情には『実際の薫を見たら、容姿も素敵だった』と書かれてある。

「本当ですか。ありがとうございます」

薫が言うべきお礼を、一棋が愛想良く返した。

「今回はドリンクなので、あんまり魔女っぽいと上からオーケーが出にくくなってしまうんですけどね。うちはどうしてもちょっと堅いところがあるので。それを考慮していただきつつ、夜もデキる女という感じを出してくれるのは大歓迎です」

サバサバした感じの女性主任は、雰囲気どおりに内情をすんなり話した。彼女の担うチームは柔軟性がありそうで、仕事の付き合いはしやすいだろう。

一棋が薫の代わりに、デザインを起こす上で押さえておかなければならないポイントをクライアント側と確認していく。デザインを描く主柱は薫だが、社会の窓口は一棋の役だ。しっかり聞いていなくても資料とサンプルはもらえるし、後日デザインづくりに使えそうなものを郵送してくれるという話だ。

薫はさきほど聞いた立花の発言を、伏し目がちにイラつきながら反芻《はんすう》していた。

……おれのデザインを一番に推薦したのは、目の前の立花さんらしい。けど、おれの名前を持ち出したのは健祐の可能性がある。

生理的に不特定多数から目立つことに嫌悪感をもつ薫は、事前にインターネット上で名前と職業と経歴以上のものが出てこないよう工作している。しかし、一棋のデザイン事務所はホームページを持っているし、一般職の人間より目立つ立場だ。健祐が検索すれば薫の動向はすぐ知れる。

目に入れても痛くないほど甲斐甲斐《かいがい》しく構っていた薫が突然行方をくらましたことを、健祐がどう思ったのかは知らない。しかし、健祐が学生時代からさほど性格が変わっていないのであれば、今も薫に未練を持っている可能性はひじょうに高い。

……デザイナーっていうのは、探しやすい要素になるよな。

名が売れることの弊害を身に染みて感じる。

……でも、今の健祐がどう思っていようと、おれにとって全部過去のことなんだ。

仕事の依頼でこの場にいるだけだ。過去を掘り返しに来たわけではないし、学生時代を一緒に過ごした彼との日々は幼さゆえの異常な共依存だった、と、薫は上京してから結論づけている。

……今の健祐は、もうクライアントの一社員でしかない。そして、おれは依頼されたとおりデザインに集中するんだ。

健祐のことを気にする必要はない、と、自分に言い聞かせる。

顔合わせという名の打ち合わせは二時間以上続き、一棋と席を立つまでには念じていた言葉が心に浸透した。

「それでは、これから宜しくお願いします」

双方で親しみを込めた笑みを浮かべ、頭を下げる。

会議室を後にした薫は、ようやく本来の自分に戻れるような気がして細く長く息を吐いた。

エレベーターを待っている間に社員の倉持から紙袋を手渡される。予備の資料一部とサンプル品数種と、すでに販売している類似商品が一本ずつ入ったものだ。瓶のせいで中身は重い。

エレベーターが七階に着いて開いた。立花愛子がボタンを手早く押す。もう一度チームへ挨拶して一棋と薫はエレベーターに乗った。立花もそこへ乗り込んでくるのだから、最後まで付き合ってくれるようだ。健祐じゃなくてよかった、と、薫は心底思った。

ボタンは地下駐車場に向けて点灯される。ドアが閉まると、立花が二人に顔を向けた。

「今日は本当にありがとうございました。来客用プレート、いただいてよろしいですか」

事務処理は彼女がしてくれるらしい。首にかけていた紺色のホルダーを渡すと、背の低い立花が薫を見上げて微笑んだ。

「岸和さんとご一緒に仕事できて、嬉しいです。これから本当に宜しくお願いします」

クライアント側の素直な好意と期待に、だいぶ萎えていた仕事への意欲がよみがえった。この手の女子は薫の眼中にないが、仕事相手としては悪くない。薫は微笑んだ。

「ご期待に沿えるよう、がんばります」

エレベーターが駐車場に着き、薫は海の底から上がってきたときのように一呼吸する。

「お疲れ」

一棋が苦笑を混じらせてねぎらう。彼はどこまで気づいたのだろう。

「お疲れ、なんてもんじゃないよ」

大きくため息をついた。まだ製薬会社内だが、駐車場に人気《ひとけ》はない。薫は素の表情を出して足早に歩く。

「一棋さん、早く戻ろう。最終校の見直しして、おれは帰る」

「いいけど、薫。なんかあったよね？　始終様子がおかしかったように見えたんだけど」

「気のせいじゃないの」

クライアントとのやり取りは今日かぎりではないのだから、一棋に健祐との関係を知られるのは時間の問題だ。しかし、今は忘れたい。健祐は仕事以外で縁はない人間だ。

……それに、健祐も一〇年経って、さすがに気が変わっているだろう。

心からそうであってほしいと思いながら、モスグリーンの車体に行き着く。そして、助手席のドアを開けようとしたところで大きく響いた声に眉を寄せた。

「薫！」

間違えようもない。健祐の声だ。

たった今、一社員でしかない相手だと定めたのに、健祐は就業時間中なのに駐車場まで薫を追ってきたのだ。

一棋の顔を見ると「ははん、やっぱりコイツとワケアリか」という表情をしている。薫は相手せざるをえなくなった。

「一棋さん、ちょっと車内で待ってて」

荷物を彼に押しつけて、一心に駆け寄ってくる健祐の前に立った。

軽く怒りを混ぜ込んだ力で、物言わず男の腕を引っ張る。会議室で健祐が登場したときはパニックに陥った薫も、すでに動揺が引いて現実的な思考を働かせていた。

奥の死角になるところまで歩いて、彼の腕を離す。

薫より一〇センチ背の高い男は、一〇年の時を経て男らしさが増していた。さっきも見たが、ネイビーのスーツもネクタイの選び方も悪くない。中のワイシャツも白地に薄く模様がついていて、シンプルながら野暮《やぼ》ったさを感じさせない装いだ。彼が会社員になって、一、二年程度の新米でないことは着こなしでよくわかった。おそらく、上京してだいぶ経っている。

改めて対峙《たいじ》した薫は、健祐の瞳孔を広げた強い視線に少しひるんだ。しかし、負けていられないと彼をにらむ。

「こんなとこで名前を呼ぶなよ」

「呼ぶなって言われても」

それは無理だろう、と言わんばかりの表情で、健祐の腕が伸びる。

「薫がいるんだ」

信じられない、という含みのある言い草から、薫は避けるべき手に掴まってしまった。彼の両手に細い両腕をホールドされ、一〇年ぶりに触れた健祐の熱に緊張する。心と裏腹に身体は彼を覚えているようだ。薫は出てきそうになるなにかに蓋を閉じようと目を逸らす。

一方、健祐は嬉しい表情をひとつも隠すことなく薫に向けた。

「本当に、薫だ」

感動をかみ締めるようにもう一度繰り返す。この再会はやはり健祐にとっても偶然だったらしい。しかし、前もってつくられていた資料には、採用デザイナーの名前が書かれていたはずなのだ。あの会議室ではじめて知ったということはありえない。

「おれが選ばれるって、おまえ知ってただろ」

薫はザワザワする心を抑え、健祐の感動を否定するように返した。

「製品部と商品部を行き来してるから、デザイナーの選定には関わってないんだ。今日資料を見て驚いたよ。でも、実際会うまでは信じ切れなかったから」

「じゃあ、……本当に偶然なんだな」

「そうだよ。薫、俺はずっと薫を捜して、」

捜した、という言葉に薫は「やっぱり」と身構える。

健祐の性格はよくわかっている。薫が逃げるように上京するまで、およそ八年間も家族ぐるみで深い付き合いをしてきたのだ。真綿で首を締められるような、ゾッとするような不安と快楽に溺れていた学生時代。薫は耐え切れず振り切るように腕を振った。

「健祐。今のおまえは単なるクライアント側の人間だ。おれは依頼される側で、それだけの関係だってこと、忘れるなよ」

振り切られた手を空中に残した健祐は、冷めた目つきの薫を凝視する。

「薫、俺は、」

「昔のことは、昔のことだ。過去にすがってないで、自分の持ち場に戻れよ」

こう言っても、昔の健祐ならば食い下がる。より突き放すのに有効な台詞を脳内で作成していると、健祐が口を開いた。

「そうだな」

寂しげな声に薫は面食らった。じっと見つめてくる健祐に、言葉が出てこなくなる。

「会えただけでも、充分だと思わないといけないよな」

自らを諌《いさ》めるような台詞に胸はズキリと痛みを覚えた。大きな後ろめたさが薫の心に広がって動けない。

一方、健祐は気持ちを切り替えたのか、やさしい微笑みを浮かべて手を差し出した。

「薫。改めて、これからよろしく」

そう言われ、薫は彼の手を見つめた。無視しても拒否しても、健祐は薫を許してくれるのだろう。

冷たく追い払ったほうが今後のためにはいい。しかし、健祐を強く突き放すまでの感情は生まれなかった。薫自身も彼との再会を全否定したいわけではないのだ。

長い沈黙の後に、薫は頷いて俯きがちに手を出した。健祐がその手をきゅっと摑まえる。

「また会えて、嬉しいよ」

温かい手はそれだけを伝えると、素直に踵《きびす》を返してエレベーターホールへ戻っていく。健祐の後ろ姿を見て、薫はくちびるを嚙んだ。

……なに考えてるんだよ。アイツもおれも。

仕事はこれからはじまるのだ。薫の言ったとおり、すんなり退《ひ》いた健祐は社会人として間違っていない。

でも、寂しげな表情をされたり、誰にも言わず地元や健祐から離れたことを許すような微笑をされたりすると、薫の気持ちもかき乱される。

本当は、健祐に訊きたいことが山のようにあるのだ。一〇年間なにをしていたのか。医学部はどうしたのか。医者にならなかったのはなぜか。地元はどうしたのか。なぜ東京にいるのか。

……上京したのは、おれが原因かもしれない。違うと思いたいけど。

彼は『捜した』と言った。一番聞きたくない言葉を聞いてしまった。予想できても、的中してほしくなかった。あれは若気の至りだったと、薫は笑い飛ばしたいのだ。

……でも、あの感じじゃ、本当に一〇年。健祐はおれを捜していた、かもしれない。ずっと、一〇年も。

それを思うと、長いこと忘れていた強烈な罪悪感で眩暈《めまい》がしてくる。薫は不安を抱えてモスグリーンの車を探した。酸素を求めるように駆け寄って、助手席のドアを開けると滑り込んだ。

一棋は薫の様子になにも言わずアクセルを踏み、車を動かしはじめる。坂の先にある地上は光が弱く、妙にどんよりしていた。強風は分厚い雲を呼んだらしい。

……そもそも、スーツ姿の健祐なんて想像もしてなかった。

俯いた頭が、余計なことを考えはじめた。男好きなタチの悪い自分の本能が、心情と関係なく成長した健祐の姿を分析している。理性が引き止めても答えは簡単に出てしまった。

……健祐のスーツ姿、けっこう好みなほうかも。

それと同時に、最悪だ自分、と嘆きたくなる。自分の奔放な性に、薫も自身のことでありながら頭を抱えたくなった。

「彼、知り合いか？」

事務所へ向けて走らせる車内で、一棋がおもむろに口を開いた。

とても慎重な言い方だった。二人の様子を見て、新開健祐とはなにか特別な関係なのだろうと推測したはずだ。

悶々《もんもん》としている薫は答えることなく窓の外を眺めた。できるかぎり、過去のことは話したくない。

「もしかして、知り合いだから抜擢《ばってき》されたとかだった？」

一棋は、そんな薫の心情を察してか、気になっている部分だけを端的に尋ねる。仕事が関わった話には、薫も顔を背けながら答えた。

「それはない。あっちも偶然だって言ってた」

「そうか。確かに、二人とも驚いた顔をしてたな」

会議室での変化を一棋はよく見ていたらしい。打ち合わせ中、極力健祐を見ないようにしていた薫は、その様子を訊き返した。

「アイツ、そんなに驚いた顔してた？　って、クライアント側も気づいてた？」

「それは大丈夫だと思う。新開さんだっけ、けっこう驚いてたよ。それに、もうずっとチラチラ薫のこと見てたな」

「……アイツ、バカじゃないの。仕事中だろ」

薫の珍しく人をけなす発言に、一棋は苦笑しながら首都高速道路へはいっていく。

「それで、どういう仲なんだ？　かなり特別な感じに見えたけど」

「幼なじみみたいなヤツだよ。地元の」

ぶっきらぼうに返すと、一棋が驚いたように声を上げた。

「地元の！　そんなヤツ、薫にいたのか」

「いるよ」

「小学校からの付き合い？」

「まあ、うん。一〇年ぶりくらいに会った感じ」

……まったく望んでない再会だったけど。望んでないどころか、死んでも会いたくないって思ってたくらいだ。

「それはすごいな！　薫にもそういう縁のヤツがいたんだなあ。学生時代の友達か」

滅多に昔の話をしない薫の過去を知って嬉しそうに一棋は言うが、正しくは幼なじみでも友達でもない。重い共依存関係だった相手、と言うしかないだろう。

高架上を走る車のフロントガラスに大粒の雨がついた。遠くで白い旗が大きくはためいている。風が止《や》む気配はなさそうだ。

もし時間が巻き戻せるのなら、今日は仮病を使ってでも自宅に閉じこもるべきだった。一棋ならば、なんだかんだで薫のワガママを許してくれるだろう。そのぶん仕事は在宅でキッチリこなす。

だが、いずれにしても、栄養ドリンクの依頼を請け負う時点で健祐に会うことは避けられなかっただろう。

「さっさと、桜が咲けばいいのに」

助手席の側面に肘をついた。こんなことになると知る前に思っていたことを口にする。口にすれば、なにもかも元に戻れる気がした。

「急がなくても、あっという間に咲く季節になるよ」

親切な一棋は薫のつぶやきをすくいながら、ラジオチューナーに手を伸ばした。

■

はじめて健祐を知ったのは、小学校四年生のときだ。

それまでの薫は外科医の母に放任され、養育係の祖母と静かな日々を送っていた。色鉛筆で絵を描くことが一等好きだった薫は家にいることが多く、幼稚園や小学校でも進んで親しい友人はつくらなかった。そんな一人遊び好きな薫の転機は祖母の入院だ。一週間、母の勤め先である新開病院の次期院長宅に預けられることになり、そこで同い年の健祐と出逢ったのだ。

マイペースな薫にあわせてくれる健祐は、今まで周りにいないタイプだった。スポーツや外遊びを強要してくる近所の男の子たちと違って、健祐は薫のしたいことを最優先にしてくれた。薫が絵を描きだしても邪魔はせず、なにを言っても「うんうん」とやさしい笑顔で頷いてくれる。元々あまりおしゃべりをしない薫も、健祐といるようになってよくしゃべるようになった。最初からとても親切に構ってくれる健祐に、誕生日がちょっぴり早いくらいでお兄さんぶっているのか、と思っていた薫だったが、彼いわく、単純に薫と一緒にいることが嬉しくてやさしくしたくなるらしい。

九歳まで他人に強く必要とされた感覚がなかった薫にとって、健祐は特別な存在だ。ややこしい勉強も頭の良い健祐が丁寧に手伝ってくれるし、行きたいところはどこへでも付き合ってくれる。そばに健祐がいると薫は安心できた。健祐は薫を裏切らない。中学校に上がってからは、自転車を使って新開家へほぼ毎日訪れている。

今日も、畑や田んぼの多い下校路を過ぎて、健祐の家で自転車を停めた。新開家は病院を経営するだけあって、ほかの一般住宅より一回り大きい。自転車を専用スペースに置いて門扉を開け、制服のシャツを片手でパタパタ扇ぎながら、ポケットに入れていた二連のキーチいる。

エーンを取り出した。高校で別クラスになった健祐は、先生から用事を頼まれてまだ学校に

「健祐の鍵は、これだな」

七月の暑さの中で待ちぼうけるのが嫌だった薫は、「先に健祐の家に行って涼みたい」と、ワガママを言って鍵をもらっていた。健祐が薫に甘えられて拒否するはずがない。先に冷房かけて待ってて、と言われている。

新開家は家族全員が医療関係者だ。高校生が下校する時間帯にこの家の住人はいない。健祐の六つ上の兄は、隣県の医大に進んで家を離れており、健祐も小学校のときから医者になると明言している。薫の母は相変わらず新開病院の救急医療に携わっていて、週に数度しか顔を合わせない。健祐の母親のほうが実母のようだ。

病院のことで忙しい双方の親は、同い年の息子二人をセットで扱っている。小学校の学区が違っていたせいで中学校までは親の計らいがなければ遊べなかった二人だが、今はずっと一緒に行動している。誕生日もたった一〇日違いだから毎年合同で祝われ、大晦日《おおみそか》も元日もお互いの家を行き来して遊んでいた。高校受験も、健祐だけでなく彼の母親からも「同じところにしたほうがいいわよ」と言われて、健祐と同じ進学校を選んだ。今は、健祐が薫の住むマンションまでわざわざ迎えに来て一日がはじまる。

薫は慣れた手つきで新開家の二重錠を回した。玄関を開けて自宅のように中へ入る。ムッ

とこもる夏の熱に眉を寄せながら靴を脱いで揃え、廊下から斜めに伸びる階段を上った。高い天井のせいで階段は少し長い。二階は四部屋あって、一番奥の畳部屋が健祐の自室だ。

和室のドアを開ける。東向きの部屋は日光が入らない時間とはいえ暑かった。今日は梅雨の合間の見事な快晴だ。畳のにおいと部屋の湿気と、健祐のにおいが空気を過密にしている。

鞄を置いた薫はカーテンを閉め、冷房をつけた。外の風を通す必要はない。薫は妙にこの男っぽいにおいが好きだった。暑くなければなお良い。

薫専用の引き出しから、どの服を着ようか選ぶ。新開家を利用する頻度は高い。最近は毎日夕食をこの家で摂《と》っているし、週に一度はこの家に泊まっている。

ここのところ、毎夜遅くまで新開家にいるのには理由があった。

先月、祖母が亡くなったのだ。

養育係だった大切な大人を失って、薫の家庭は母一人子一人になってしまった。家に帰っても、もう誰も待ってはいない。

そのことを母の玲子《れいこ》は少し気にかけているらしい。病院を行き来する健祐の家族から、「薫くんの様子を玲子先生からよく訊かれる」と言われるたび、薫は彼女に想われていることを実感していた。小学生のときは祖母と連れ立って授業参観に来てくれた母だ。今も、恋しくなったときは彼女の勤める新開病院へ行けばいい。忙しくなければ、院内食堂で一緒に食事くらいはしてくれるだろう。

薫は、母に放っておかれても仕方ないと思っていた。玲子は仕事をセーブする人ではないとわかっていたし、母子家庭で懸命に働く姿を一人の人間として尊敬していた。薫は将来医者になったとしても、母のように人生を捧《ささ》げてまで患者を救いたいという熱意はない。

出来た母親に薫も不満は言えず、家で会うたびに「心配しないで大丈夫だよ」とばかり答えている。今は、いつも見守ってくれた祖母がいなくなったぶん、健祐がそばにいてくれるのだ。

Tシャツと短パンを選んだ薫は、涼しくなっていく部屋で息をつくと制服を脱いだ。ボクサーパンツ一枚になって、そのまま服を着るかシャワーを浴びるか一瞬考える。勝手に風呂場を使うことも、冷蔵庫から飲み物を取ることも新開家では許されている。

「シャワー浴びたいよなあ」

でも、健祐の鍵を持っているのは薫だ。薫が風呂場にいたままだと、健祐が帰宅してきたときに玄関前で待たせることになる。彼が帰ってくるまで、シャワーを浴びることを我慢する。ということが、できないのが薫だった。

「いいや、健祐だし」

少しくらい家の前で待たせても健祐が怒ることはない。薫はバスタオルを取った。

一階に下りて、玄関の内鍵を確認すると風呂場に飛び込む。ほぼ水に近い温度のシャワーで、薫は身体の汗を流した。

薄い皮膚に浮く肋骨《ろっこつ》と筋に柔らかい水があたる。それが気持ち良くて、頭からシャワーを浴びた。夏の水はやさしい。ずっと被っていたいという気分にさせてくれる。気になるところだけボディーソープで軽く洗いながら、身体の様子を確認する。

思っていたとおり、いくつかの痕跡を確認した。右の脇の下、下腹部と腿の付け根。普段は服を着て隠している部分だから、虫が刺せるところではない。

……まあ、見えないところだからいいんだけどさ。体操着に着替えるときもあるからなあ。

薫は痕を触った。別に痛くも痒《かゆ》くもない。わずかな快感の余韻だけが指に残る。

これからのことを考えつつ、シャワーを止めて脱衣場にあるバスタオルを手にした。軽く身体を拭いていると、インターホンが鳴る。健祐が猛ダッシュで帰ってきたのだろう。足裏を拭いて、薫はバスタオルを腰に巻いた。

そのまま玄関へ直進して、ドアを開ける。

ほぼタオル一枚の半裸で出てきた薫を、健祐は驚いた顔で凝視した。

「早く入れよ。虫が入ってくるんだって」

すると、ハッとした様子で頷き、「ただいま」と声を出した。

「おかえり。おれ、飲み物とって上行くけど。健祐も浴びれば？」

完全に自宅のような言い草をする薫は、それなりに気をつかって手を差し出す。

「バッグ、ついでに持っていってやるよ」

「わかった。母さんは今日一八時半には帰ってくるって」

健祐は薫の提案を素直に受け入れてたたきを上がった。お互いさっぱりしたほうがいい。今週末からはじまる期末テストの対策をしなければならないからだ。いつもの放課後のように、ゲームをしたりテレビを見たりしている場合ではない。

それに、最近の二人は別の遊びを覚えていた。

薫は鞄とともに、ペットボトルの麦茶とコップを二つ掴んで、タオルが落ちないように階段を上った。健祐の部屋は冷気に満たされている。用意していた服を身につけ座り込んだ。麦茶を飲んで、大きく息を吐く。極楽だ。ついつい畳の上にゴロンと横になる。目を閉じると、そのまま意識が飛んでしまいそうだ。

……一ヶ月って、あっという間だ。

そう、薫は思った。

今日は五日。祖母の月命日だ。ちょうど祖母を失って一ヶ月。

身近な人を亡くすのは、薫にとってははじめてのことだった。祖母もだいぶ歳をとって、最近は病院から処方される薬も増えていた。ただ、身内は医療関係者ばかりという気の緩みもあり、こんなにあっけなく亡くなるとは誰も思っていなかった。祖母の他界は、母にとってもかなりショックだったようで、散々人の死を見ているにもかかわらず涙を浮かべていた。このひとも医師である前に、おばあちゃんの娘だったんだなと薫は思った。

一六年近く母親代わりをしてきた祖母の死にたいして、今の薫は悲しみや寂しさを感じるよりも『ありがとう』と感謝している。もう自分は高校生で義務教育は終えている。これからは一人の男として生きる力を身につけなければいけない。そういう意識を、祖母の死を通して感じている。

けれど、今はまだ一人きりの自宅に戻りたくないという気持ちが強い。健祐の母親も「泊まりたかったら、好きなだけうちに泊まっていいのよ」と、やさしく言ってくれるから、祖母を失ってから休前日は新開の家に泊まっている。長い時間一人で自宅にいると、祖母が生きていた面影を見つけてしまうからだ。

薫にもまだ感情的に整理できていない部分はある。特に今日は月命日であることを思い出してしまった。

……やっぱり、今日もここに泊まろうかな。

自分の気持ちと相談しながら寝返りを打つ。畳に身体を預けていると、わずかな振動も身に染みた。

……健祐が来た。

薫はまぶたを押し上げる。ドアの開閉音の後に、彼の男らしい素足が見えた。薫と同じようにタオルを巻いてきたのだろう。箪笥《たんす》の上段を引き出して衣服を選んでいる。その様子を物音だけで感じていると、下だけ穿《は》いた健祐が薫のそばに腰を下ろした。

横に向けていた身体を仰向《あおむ》けにする。真面目な顔をしている健祐と目が合った。彼がなにを考えているかわかった薫は、おちゃらけるように着ていたTシャツの裾をペロリと捲《めく》った。試験勉強よりも楽しいことが目の前にある。

「ココに、痕が残ってんだけど」

「本当だ」

視線を下腹部に向けた健祐が、その痕へ指を伸ばした。撫《な》でる指はくすぐったい。

「ここ痛かった？」

「ううん」

首を緩く振って小さく笑う薫の素肌に、健祐は躊躇《ためら》いなく男の手を広げた。

「ほかには？」

「ココとココ」

服の上から確認した痕を指差す。健祐は空いた手で薫のTシャツを大きく捲り薄い肌を露出させた。

「けっこう残ってるもんだなあ」

検診する医者のような表情を見せる健祐に、薫が彼の脇を突付く。

「おまえが残したんだろ」

わざと非難するような言い方をすると、健祐の滑らせた手が敏感な部分にあたった。

彼の人差し指が薫の乳首をすり潰す。上半身裸で薫のそばに座ったときから、あの遊びをするのだと気づいていた。薫は触りやすいように、Tシャツを脱ぐ素振りをした。健祐が気づいて服を脱がしてくれる。

這う手だけでなく、彼のくちびるも薫の肌を滑りはじめる。

「くすぐ、ったい」

素肌をふるわせて笑う薫に、健祐も子どものプロレスごっこのように身体を組み敷いて微笑んだ。色がつく行為でも、はじめは単なるじゃれあいと変わらない。小学生のときから少しずつこういうスキンシップはしていた。露骨に健祐が薫の身体を舐《な》めるようになったのも、高校生になってからの話だ。

「ここは?」

胸元で舌を使いながら下半身に手を伸ばす。健祐の器用な指は親譲りなのだろう。上手に快感を導いてくれることを知っていて、脚を少し広げて頷いた。

「……っ、いい、」

快楽に肌を染めはじめた薫は、カーテンの合間で見え隠れする夏の空に目を細めた。

二人で経験した単なる精の抜き合いが甘く変化したのは、祖母を失った直後だ。

あの夜は人肌が恋しかったのだろう。納骨前の壺が鎮座する家に、一人でいることが無性にこわくなった薫は、日が変わった頃に新開家へ出向いた。そして健祐の部屋で深夜、

彼にきつく抱きしめられたのだ。慰めるような手が愛撫に変わり、じゃれあうように首筋を舐めていた行為が鎖骨から下を這った。健祐とキスをしたのも、その夜がはじめてだ。むさぼるようにくちづけ合うと涙が出た。薫は自分の中にできていた空洞を思い知った。

健祐に手をひかれて、その夜、薫は全部を受け入れた。健祐の雄の部分を身体に埋め、祖母の葬式で泣かなかったぶんだけ彼の胸で泣いた。

あのときいっぱい泣いて、いっぱい抱きしめてもらったから、祖母の不在を認め、受け入れられたのだと思う。薫は健祐の熱に感謝していた。健祐は薫の心も身体もやさしく扱ってくれる。

「ん、……ッ、んっ」

とはいえ、いつもここが新開家の一室であることは忘れていなかった。くちびるをかたく結んで耐えることが、早々癖になっていた。

「薫、」

健祐が薫の薄いくちびるを指でなぞる。

「声、我慢しなくてもいいんだよ」

許すというよりも喘《あえ》ぐ声を乞うようなニュアンスがこもっていることを、薫は聞き逃さなかった。

「健祐が、聞いてんじゃん」

「俺は聞くよ」

しれっと返す健祐に、薫が快感にうるんだ瞳で言い返す。

「じゃ、聞かせなーい。って、まっ、ん、そこ、さわっ……ンッ」

言葉が終わらない間に、ゆるゆると触られていた性器に強い刺激が走った。

「薫がいじわる言うからだろ」

健祐の声に、少し余裕がなくなっている。上体を起こした彼は薫の下肢を大きく広げた。つかの間、離れていた指が隠れている部分を簡単に探りあてる。身体の中に進入するヌルッとした感触は、潤滑剤を健祐が手に塗っていた証拠だ。

「まっ、あッ……あ、ぅんっ、んっ、」

指の出し入れは、むずがゆさと物足りなさを生む。意図的に締めつければ、指はさらに奥へ入った。快感のスイッチを健祐が押しあてる。

「あ！　ッ、ン、あ、っあ」

健祐の好きな喘ぎ声を漏らしながら、ビクビクと射精感に耐えてふるえる。彼の指が止まった。

「ぁ、は、……んっ」

痴態を舐めるように凝視した健祐は、勃《た》ちあがった肉の根元の毛をやわやわと触りつつ薫に訊く。

「薫、どうする?」

健祐の両手はなにを答えても薫の下肢から離れない。いたずらに動く彼の指に意識を研ぎ澄ませて口を開く。

「……ッ、どうするって、どっちでも、」

指を中に入れてきて、自分のものにはいまだ触らせないパターンから、今日の健祐は挿入したがっているのだとわかる。薫が選ぶことではない。

「ね、健祐は?」

薫が尋ね返せば、健祐は案の定即答した。

「最後までしたい」

お伺いを立てなくてもいいのに、と思いながら薫は頷いた。指の動きが変わる。ドキドキする心と身体を健祐に預ける。

用意が一段落する感覚を経て、健祐の肉体を直視した。これからはじまる弾力のある行為に軽い緊張が走った。期待と照れで、のしかかる健祐の身体の隙間から薫は声を発した。

「ア、イス」

食べ物の単語が飛んできたことで、健祐の動きは一瞬止まる。

「あとで、アイス買って、きて」

この期に及んでまた薫はなんだ、という表情をしたが、健祐は行為を続行したいのか薫のワガママに耐性がついているのか、身体を薫の中へ押して言う。

「買うよ、薫の、好きなだけ」

「う、ん、……あ、ッ、」

熱が動く生々しい感覚に、薫は腕を伸ばして健祐の身体にすがった。

■

ポタポタと細い髪の毛から水滴が滑り落ちる。薫は意味もなく排水口を凝視していた。

三月終盤になり、桜の咲く地域もだいぶ増えてきた。すっかり春だ。テレビは天気予報の後に桜の満開時期も伝えている。雅《みやび》な文化だ。日中も風さえなければ暖かいのだから、東京の桜も会いに行きやすいだろう。

でも、夜はまだ寒い。冷えはじめた肢体を身ぶるいさせた薫は、我に返ったようにシャワーからまた湯を出した。

今日は仕事の材料をいくつか抱えて、終電で帰宅した。シャワーを浴びながら、このあと仮眠するかもう一仕事するか決める予定だったはずが、裸の脳内はまったく違うことを反芻していた。念願の春が訪れて、頭の中までおめでたくなったのか。薫はうんざりした。

新開健祐と再会したせいで、封印していた過去の記憶がことあるごとにポンポン出てくるようになってしまった。小中時代のエピソードは特に思い出しても問題ないが、高校生のときの記憶は論外だ。思い出しても思い出しても、健祐とのセックスシーンばかりが出てくる。

そのとおり、高校時代は健祐とセックス中心の生活だった。

……黒歴史だ。高校のときの記憶全部、このお湯で流したい。

ザーッと流れる水音に願いを込める。覚えたての悦楽に二人で没頭していたなんて、まさしく黒歴史だ。タチが悪いのは、当時の自分たちがその行為になんの疑問も持っていなかったところにある。大人になった今にして思えば、おそろしい話だ。

学生時代の薫は、今と違って少し世間知らずなところがあった。おっとりした祖母に育てられていたせいか性的なことに目覚めるのも遅く、自分から性に興味を持ったわけではない。元凶は全部健祐だ。AVやアダルト雑誌をはじめて薫に見せたのも健祐だし、自慰が悪いことではないと教えてくれたのも健祐だ。そのまま、健祐によって強い快感を得る行為もなし崩しに教わった。

当時を思い出すたびに、薫は過去の自分のことながら頭を叩きたくなる。今や男を手玉に取るくらいに成長してしまった自分が言える話ではないが、もう少し同性間のセックスに疑問を持つべきだ、と、タイムマシーンがあったら過去の岸和薫少年に諭したい。

……そもそも、テスト前にヤリまくってんのもどうかしてるよ。

出身校は、県内でも学力トップの男子校だった。頭が良かった健祐はともかく、薫の勉強にたいする負担は大きかったはずだ。しかし、試験で赤点を取った記憶はない。しっかりテスト勉強していたのだろう。健祐は人に勉強を教えることが上手だった覚えがある。

……まあ、おれの場合は、頭が良いっていうよりも要領がよかったんだろうな。

と、その部分だけ前向きに自身を褒めた。

とはいえ、医学部を受験する際は相当勉強していたはずだが、記憶はない。勉強のことだから覚えていないのではなく、高校三年生の思い出だけ蓋がされているように出てこないのだ。

それが最も良い思い出ではない時期だと、薫はなんとなくわかっていた。たとえ思い出そうとしても、嫌な感覚に見舞われて手を引いてしまう。高校三年生という響きですら、妙な嫌悪感をもたらす。

高校三年生のときになにかがあったことは確実だった。現に薫は地元を捨てている。でも、どんな理由で生まれ故郷を飛び出したのか、自分でも当時のことが曖昧で思い出せなかった。単に健祐がうっとうしくなったから、デザイナーになりたかったから、だけではない気がする。

「もういい。もう思い出すなよ自分。仕事に支障をきたすぞ」

湯気が立つバスルームの中で、呪文を唱えるように独り言を繰り返した。

すでに一〇年も前に終わった話だ。過去を思い出す必要はなく、健祐も関係のない男になった。薫の今はとても充実しているのだ。健祐の一〇年ぶりのしつこさに引きずられている場合ではない。

……アイディアをひねり出すためにバスルームへこもるのはアリだけど、私的な反芻で時間を食うのはナシだ。

薫はシャワーのコックをひねると、バスルームのドアを勢いよく開けた。深夜の冷気が、スッと肌を撫でる。水分を吸ってしわしわになった手でバスタオルを摑み、水滴を拭いながら浴室を出た。

仕事は順調に滑り出している。使用される瓶の形状と商品のロゴは早々に決まってくれた。これから四月半ばまで、薫の一番ナイーヴな期間だ。いろんなタイプのデザイン案を起こさなければならない。

早速、一パターン目はサンプルにもらった他製品を参考にしつつ、花弁が舞う流線型をモチーフにして描いた。ロゴを前面に出したシンプルな案や、宝石のようなモチーフを使ったデザインも描いた。快活なエナジードリンクの色合いではなかったが、お堅い製薬会社としては受け入れられやすそうなデザインに仕上がっている。薫の好みから少しはずれていたが、こういうデザインを出すのも大切だ。

でも、正直こういうのは飽きがくる。次のデザインからは自分の好みを前面に出そうと薫は決めていた。

そのためのモチーフを脳内から引き出すべく、一棋に頼んで在宅作業を選んだりシャワーを浴びたりしていたわけだ。しかし、出てくるのは邪魔な過去の記憶ばかりである。浮上する思い出がデザインに利用できるものならばいいが、健祐とのセックスシーンばかりなのだから、デザインに使う以前の問題だ。

……なんか良いモチーフに出逢えれば、一気に仕事モードに切り替わるんだけど。

悩ましい表情をした薫は、全裸のままリビングへ赴いてエアコンをつけた。手短なところからアイディアを拾おうと、ついでにテレビもつける。深夜に映画はやっていないだろうか、と、リモコンを操作して、海外映画のようなものを発見した。消音にしてキッチンへ寄る。

冷蔵庫には飲料水しか入っていなかった。これから丸一日外には出ないつもりだから、食事について考えなければならない。薫はデザインを描きはじめると、熱中して食事を忘れてしまう性質だ。フリーデザイナーのときに、何度もエネルギー不足で倒れかけたことがある。作業していると気づけばすぐ朝が来て夜になっているのだ。

……事務所にいると強制的に食べさせられるからいい、っていうのはあるよなあ。

小顔で品の良い顔立ちと称されるが、肌の白さで虚弱体質だと思われるのは癪だ。

食べ物のことを考えながら麦茶のペットボトルを取った薫は、コップのそばにお菓子の袋を見つけた。先刻の自分が無造作に置いたかりんとうの小袋が四つ。今日健祐がデザイン事務所へ持ち込んだ差し入れであり、明日家にこもるなら持っていきなよ、と一棋に無理やり持たされたブツだ。

……とりあえず、これがあれば一日くらいしのげるか。

最低限の食料を見つけて少しホッとする。渋々受け取ったものだが、食べ物に罪はない。

今月初旬に再会を果たした健祐は、クライアント側の社員として頻繁に事務所へ訪れるようになっていた。表向きには、情報提供と素材やサンプルを渡すという名目だ。運送会社もバイク便も使わず、わざわざ自分の足で品物を届けて情報提供をしに来るクライアントも珍しい。

そんな時間の余裕はどこから来るのか、それも業務の内なのか、単に自分に会いに来るための口実ではないか、と、薫はいまだに勘繰っているが、一棋いわく「確かに毎度新しい情報を伝えに来ている」らしい。差し入れも欠かさず、礼儀もある健祐を一棋はすっかり気に入っている様子だ。健祐がアポイントメントなしで訪問してきても、すぐにお引き取り願わないで談笑しているらしい。

らしい、というぼんやりした健祐情報ばかりになっているのは、薫がその状況を一度も見ていないからだ。

はじめて健祐が事務所を訪れた日の夜、薫はネット通販で買い物をした。購入したのは、自分のデスクを覆うための簡易パーテーションだ。この大きな品物が送られてきたときの一棋は、なんてものを持ち込んでんの、と言わんばかりの表情をしていたが、薫にとっては健祐の視線から逃げる最良の方法であり、健祐断固拒否の姿勢といえた。

薫の仕事スペースは一番奥の窓側にあって、アジアン調のパーテーションで区切ると半個室に仕上がった。突発的なアイディアは功を奏して、健祐が事務所に来ても声でわずかに察する程度だ。

事務所のメンバーには、「鶴の恩返しみたい」と揶揄《やゆ》されたが、とにかく健祐の目には触れられたくないし、薫も健祐を見たくなかった。健祐も薫から如実に避けられているとわかっているようだが、しぶとく薫の好物を持って通ってくる。そんな健気《けなげ》さに、彼の接待役である一棋は「少しくらい顔を出したら？」と、薫のパーテーションを覗《のぞ》く。事務所の面々は健祐の行動に少しずつほだされはじめていた。

薫としては、健祐がクライアント側の人間でさえなければ、今すぐにでも「一生来るな、目障りだ」と、はっきり言いたいところだ。一〇年越しの健気さなんて重すぎる。勘弁してほしい。

特に今回は、もうひとつ彼に訂正してもらいたいことがあった。

……かりんとうは、おれの好物じゃなくて、おばあちゃんの好物なんだよ。

おかげで祖母を亡くしたあたりのことを、一気に思い出してしまった。

喪に服す時期にとんでもないことをしていたわけだ。こんな孫で亡くなった祖母に申し訳が立たない。

また背負いそうになる過去由来の罪悪感を、薫は気合で振り払った。

今は、デザインのほうが大事だ。

「描くか寝るか、択一で」

どっちがしたいか、自分。そう己の感性に問いかける。眠くはないが邪念が多すぎて集中できるか少し不安だ。

「とりあえず、服だ」

空になったコップをテーブルに置くと、薫は衣服を求めて寝室に入った。クローゼットからリラックスできるパーカとスウェットを選んで身につける。ついでにセミダブルのベッドを眺めた。

睡魔が顔を出すよりも、最近ご無沙汰だな、という言葉が頭から出てきた。

さきほども昔のセックスを無意識に思い出していたのだから、相当たまっているのかもしれない。しかし、このデリケートな制作期間で男を漁《あさ》る時間もなければ、最近疎遠になりつつある遊び仲間を掘り起こす気力もない。遊び好きで甘え上手な薫は胸の奥で息を潜めている。仕事モードのときは、性欲が中途半端に行き場をなくすのだ。

……じゃあ、いっそこの感情をそのままデザインにつぎ込むか。

元来の薫のデザインは蠱惑的とも魔女的とも称されている。パッケージデザインにもポスターにも、総じて女性的な濃い色気があった。この個性あるセンスのおかげで、携わった製品の七〇パーセントが女性向けだ。描いたデザインから勝手に色気が出てくるのだから仕方ない。一棋いわく、「それが薫の特別な才能なんだよ」ということらしい。

岸和薫を起用した今回の女性主任も社員も、そんな色気漂うパッケージデザインを少なからず求めている節があった。なので、しつこいくらい夜のオンナをイメージしたデザインも受け入れてくれるだろう。今のもやもやした性的な気分は、それを描くのに適している。

……まだ残りいくつもパターンを出すんだから、ひとつぐらい派手な色を出してもいい。でも、花のモチーフは使ったから別の感じで。

方向性が決まると、気持ちは一気に仕事モードへ切り替わった。くすぶっている性欲のようなよくわからないものを昇華するには、それをまるまるデザインとして表現するのが一番効果的であり健康的だ。

薫はすぐにリビングへ戻って、仕事用のデスクトップＰＣの電源をオンにした。立ち上がりを待つ間、抽象的な感覚を具体化させるアイテム探しに入る。たくさんの色が移り変わるテレビ画面を見て、使えそうな番組を探した。教育専門のチャンネルが、ドキュメンタリーのアーカイブスを流していた。

タイトルは、銀河と宇宙の色彩。

「いいのやってるじゃん！」

紫外線レンズを使って写された銀河が幾重にも輝き説明されていく。別のリモコンを取った薫は録画ボタンを押した。暗闇にピンクやパープル、エメラルドグリーンなど、様々な曲線が舞う。漆黒を鮮やかに染める色のグラデーションは、夜を快活に魅せる。

デザインするための感性の泉が満ちると、薫はそれから長い時間デザインづくりに没頭した。


ガタン、と音がして薫は目を覚ました。ソファーで眠っている自分のすぐ下に、スマートフォンが転がっている。

「いま何時……？」

ぼーっとしたまま、よいしょと落ちたものを摑んでロックを解除する。二〇時半。室内も暗く、すっかり夜だ。

もう一寝入りしようと目を閉じた薫は、体内時計の違和感からもう一度スマートフォンの時刻を見なおした。

木曜日の二〇時半。水曜日は一日在宅作業に徹すると一棋に話していたが、木曜日まで続くとは一言も言っていない。

「うわ、ヤバっ」

薫は我に返ったように身体を起こした。案の定、一棋から電話とメールが何件も着ている。内容も、『今日来るの？』から『まだ寝てる？』で、最後のメールは『おーい、生きてるか？』だ。事務所の番号をワンタップで発信すると、まもなく一棋の声が聞こえた。

「薫、生きてたかー」

「寝てた。すみません」

しおらしく謝れば、「だろうと思ってた」と朗らかに返された。

「皆ほとんど帰っちゃってるけど、どうする？」

「そっちでやらなきゃいけないことがちょっとあるんで、今から行きます」

今すぐ事務所へ行って、最低限のものを片付ければ終電に間に合う。薫は穿き替えたデニムパンツに財布を突っ込み、ＰＣから外付けのハードディスクを抜き取った。パーカの上にジャケットを羽織る。外に出ると、春の寒さが身に染みた。

ひとつのデザイン案に力を注ぎすぎたため、一日以上入浴していないし食事もかりんとう四袋だけだ。通り道のコンビニエンスストアに寄って、おにぎりを二つ買い、行儀の悪さは承知で食べながら歩く。着いた駅の上り方面ホームにあった鏡で、一瞬だけ髪の寝癖がないか確認する。寝落ちた時間に覚えはないが、たぶん昼前だ。一、二時間仮眠して夕方までに事務所へ行く予定だったが、この有り様だ。

快速電車が通過した後に来た各駅電車に乗り、目的の駅を降りると徒歩五分。慌ただしく事務所のドアを開けた。

明るいフロアに残っているのは代表の一棋だ。そこに、見たことのある濃紺のスーツを着た男がいた。薫はドキッとした自分を叱咤《しった》する。無理して来たのは失敗だったかもしれない。

「薫、おはよう」

爽やかな挨拶をする一棋の向かいで、男が身体をひねって出入り口を見た。大きく目を開く健祐を、薫はにらむ。再会してから一ヶ月も経っていないのに、今日で六回目の訪問ではないか。仕事目的としては、いくらなんでも来すぎだ。

「すみません、遅くなって、」

健祐を無視しながら、一棋へ詫《わ》びを入れる。

「いいよ。新開さんと仕事の話をしていたところだから。どうも、中身の成分決めでもめているらしいよ。薫も聞いておいたら？」

年長者の台詞に、健祐の顔がビジネスモードへ切り替わった。薫も仕方なく座っている二人の前に立つ。

「実はまだ、女性的に好まれる成分をどこまで入れるのかの折り合いがついていないんです。エネルギーチャージのドリンクなら、コラーゲンやヒアルロン酸といった休息時に良い成分はいらないだろう、というのが製品部の言い分なんですけど、商品部としては女性が成分表で一番はじめに気にするコラーゲンなんかがはいっていないと、購入する気にならないと真っ向から対立していて」

「そりゃ、大変だ」

　黙っている薫の代わりに、すでに一度聞いているはずの一棋が相づちを打つ。

「はい。金額面の兼ね合いもあって、配合する成分もかぎられているんですね。どちらかがある程度妥協しないといけないんですけど、……製品部はまず女性がいないので、商品部の思うところが理解されにくいんです。それが、一番難航している原因で」

「じゃあ、そこの橋渡しをしてる新開さんはかなり忙しいんじゃないですか。こう頻繁に来て大丈夫？」

「はい、それは大丈夫です。デザインのことも仕事のうちですから。成分については、僕個人としては商品部の考え方に賛成しているので、リサーチ部から資料を取り寄せて、間に入って彼らを説得しているところです。少量でも、コラーゲンなどが入っていれば女性向けとして浸透されやすいのは間違いないんです。製品部の言うとおり、滋養強壮の効き目は多少劣ってしまうのも確かなんですが、仕方ないのかなと」

　腰に両手を当てて聞いていた薫は、開発の悩みを吐露する健祐にバッサリ感想を述べた。

「本気で夜がんばりたいヤツは、すでに発売されてる一番強力なやつ飲めばいいだけのことじゃん」

「薫、身も蓋もないことをクライアント側に……」

呆れたようにつぶやいた一棋を、健祐が苦笑しながら肯定した。

「確かに言われるとおりなんです。今回の製品は、あくまで女性向けのエナジードリンクであることが一番の狙いなので。まずひとつ商品化できて評価されれば、後続商品もつくりやすいというのはありますし」

「で、それがデザイン側になんか支障あんの？」

悩ましく語る健祐へ、薫は容赦なく言葉を送る。同時にこれが、クライアントミーティングで再会して以来の会話だったと気づいた。

「そんなにないと思う。……でも、もしかしたら発売日が少しずれるかもしれないんだ。そうならないように努力するけど。もし、成分表とか、デザインに載せる部分で薫の迷惑になったら、ごめんな」

健祐は薫を見上げて謝った。つっけんどんな言葉にも、健祐はやさしく応えている。それをわかっていて冷たい態度を見せた自分が、薫は嫌になった。

「いいよ。そんなの慣れてるから」

そう言って、パーテーションの中に逃げる。今まで打ち合わせも極力避けて、一棋に無理やり健祐の前へ座らされても沈黙を通していた薫は、とうとう彼と話してしまったことにも小さな敗北感をもつ。無意識に一〇年前の健祐と今の健祐を比較している。昔と変わらないやさしさがあるのか、つい彼を試してしまう。

矛盾を抱えた幼稚な感情に我ながらイラだちつつ、PC電源を強く押した。

……でも、一棋さんと一緒にいるなら、ちょうどいい。

自分の感情に振り回されている場合ではなかった。一棋と健祐がいるのならば、できたばかりのデザイン案を見せることが先決だ。出力した一点を印刷する。

今回のものは、描く前に決めていたとおり、見る人によっては、コレって飲む媚薬《びやく》？　と、思われてしまうようなファンタジックで色気あるデザインだ。

締切り日までに全一二パターンをまとめて提出するのだが、毎度仮のデザインパターンができると一応健祐にも見せていた。前回分は、伝達役の一棋から「全体的に好評だった」と聞かされたものの、製薬会社の社員としてなのか健祐個人としての評価なのか見極めがついていなかった。薫の知る健祐は、薫の絵をなんでも褒めちぎるところがある。正当な評価をした、と本人が言っても個人的主観がはいっているようにしか思えない。

社風から大きくはずれたデザインを見て、健祐はなんと言うか。それによって、薫は彼の感想を信用しようと思っていた。デザイナーとして、クライアントの正直な意見は本当に大切だ。

話し込んでいる彼らの元へ戻った薫は、出来たてのデザインパターンをテーブルに置いた。

二人が視線を落とす。

「つくってきたやつ。明日になったら、色とか位置の調整はすると思うけど」

健祐は、ハッとしたように薫を見て、デザインを見なおした。

「すごい薫っぽい気がする」

夜の艶やかさを前面に出したデザインは薫の十八番だ。テレビで見た銀河たちが、色の重ね方や模様にあらわれている。

「岸和さんっぽいって言えよ」

「二人が幼なじみなのはわかっているし、ここは事務所なんだから構わないって」

ついキツイ言葉を返してしまう薫に、一棋が呆れながら気をつかう。

「確かに薫節がきいてるなあ。そちらとしては？」

「はい。確かに魅力的ですけど、……選ぶには、ちょっと、嶋津主任のいうところの魔女っぽすぎるかもしれないです」

客観的に意見を述べた。健祐がちゃんと仕事をしている、と、薫は当たり前のことに少し感心した。

「でも、俺は岸和さんの、このデザインがすごく好きだよ」

少し健祐を見直している隙に、彼がすかさず続ける。薫を見る表情には「薫と話せて嬉しい」とも書いてあった。

薫はむずがゆい気分になった。恥ずかしいような、でも妙に不安になるような、なんともいえない感じだ。薫を見る、健祐の真っ直ぐな瞳もよくない。

「……サンづけはナシ。なんか気持ち悪い」

子どものようなやり取りに一棋は軽くため息をついた。

「薫。彼はクライアント側だからね。そうだ、新開さんからの差し入れ、そこにあるよ」

また差し入れか。ムッとするが、おにぎりだけでは物足りない。薫は事務所の給湯台にある箱を見た。有名なメーカーのドーナツだ。誰かから自分の好物をリサーチしたんだな、と、呆れつつ好物には素直に手を出した。

二人のほうを見やると、奔放な社員の非礼を詫びる一棋の向かいで、健祐がニコニコしている。薫はドーナツをもぐもぐさせながら一棋の隣に座った。咀嚼《そしゃく》する薫を健祐が凝視する。あからさますぎて、これには無視を徹した。

健祐の視線が薫から離れないことは一棋の目にあまったのだろう。会話が途切れると、一棋がもう一度ため息をついた。

「あのさ、きみたち。いろいろと疑問があるんだけど、訊いていいかな?」

ドーナツを食べ終えた薫は、すぐに返答した。

「ダメです。コイツはただのクライアント側って、今一棋さん言ったじゃん。おまえも言うなよ、余計なこと」

「言わないよ」

健祐が大きく頷く。ひとまず聞きわけの良い男に薫は安心した。凝視してくるだけで、それ以上のアクションを起こさないのもいい。やたらとスキンシップをしてこないだけ大人になったのだろう。

隣では、なんだかなあ、という一棋の心の声が聞こえてくるが、さすが年長者だ。素早く会話を切り替えた。

「新開さんは明日も仕事ですか？」

時刻は二一時半。薫もそろそろ作業に戻らなければならない。健祐も察したのか革のビジネスバッグを手に取った。

「はい、そうです。さすがに迷惑になるので、そろそろお暇《いとま》します」

空気の読み具合はさすがビジネスマンらしい。見送る気も出てきて、一棋とともに立ち上がった。

「遅くまで、ありがとうございました。ちなみに、どこに住んでらっしゃるんですか？　この近くとか？」

「いえ、近くはないですね……四十分くらいで」

意外に遠い。健祐が続けて、「知らないかもしれませんが」と最寄り駅を口にする。その駅名に聞き覚えがあった。

「そこ、前の前のカレシが住んでた駅だ」

出入り口に向かいながら、薫はつぶやいた。振り返った健祐が、目に見えて沈んだ表情になる。彼はそのまま、ドアを開くと頭を下げて帰っていった。

健祐の反応に多少しこりは残ったが、胸に渦巻いていた小さな敗北感は消えていた。薫はホッとして用がなくなった対健祐用のパーテーションを折りたたむ。

「僕もそろそろ帰るよ。細かい話はまた明日」

「はーい。戸締りはちゃんとするんで」

チェアに座ってマウスを動かしながら、一棋の声に応答した。

「そうだ薫。花見の予定が決まったよ」

「何日？」

「来週の木曜日。ちょうど見頃らしいんだ」

「じゃあ、それ目標にがんばろ」

「それにしても薫」

声がすぐ近くから聞こえるな、と思ったら、鞄を持った一棋が後ろから薫のＰＣを覗いていた。首だけで振り返る。

「一棋さん、なに？」

「なんていうか、小悪魔っていうより、だいぶ悪魔だったよね」

神妙な言い方だが、なんのことかすぐに察する。でも、すっとぼけて顔を液晶画面に戻した。

「なんの話ですか」

「いや、いいんだけど。彼もかなり仕事大変みたいなんだから、少しくらい労《いたわ》ってあげなよ。……そういうわけで、後よろしく」

一棋の言葉に、薫はなにも答えず手を動かした。

色の調整に一段落がつくと、薫は軽く伸びをした。事務所に人は誰もいない。すでに全員、花見へ出かけている。

……おれも、もう仕事はこんなもんでいいかな。

片手で資料をまとめながらPCをオフにする。デザインパターンを提出する期日は迫っていて、今まで宝石調デザインの微調整を続けていた。しかし、何時間にらめっこしても折り合いがつかない日はある。一日二日寝かしたほうがアイディアも浮かびやすいし、とにかく今は自然の空気と桜の形状に癒《いや》されたい。

「よし、念願の桜を観に行くか」

見切りをつけた薫は、事務所の戸締まりをして出入り口に鍵をかけた。今日は風が少しあるものの、ブラウンの革ジャケットを着込めばなんとか外で宴会できる気候だ。都心でも屈指のお花見エリアである公園に地下鉄で辿り着くと、一九時半。

薫は街道を横切って門を抜けた。広い公園は電灯の間隔も長くだいぶ暗いが、桜は咲いている。連日の暖かさから、東京の桜は一気に咲き綻んで、予定より早く満開が発表されていた。電灯のそばに来ると、薫はしばし立ち止まって桜を見上げる。風が吹いて、花弁が美しく落ちていく。その風情が気持ち良くて、花咲く道を上機嫌にまた歩きだした。

暗い夜の隙間から少しずつ人々の声が聞こえてくる。カーブを曲がって芝生と桜が広がるエリアに入ると、どこかのグループが自主的に持ってきた大きなライトが桜と人々を照らしていた。

……うん、春が来たなあ。

賑《にぎ》やかな光景を見て、しみじみと思う。薫は秋生まれだが、好きな季節は春だ。

ただ、人の多さと夜の曖昧な距離感に、皆の居場所が摑めない。迎えに来てもらおうと一棋に電話して、指定されたトイレのそばで待った。

「薫、おまたせ」

一棋の声が聞こえて薫は振り返った。彼の顔は少し赤い。

「一棋さん、飲んでる？」

「そりゃ飲むよ。電車で来たし」

彼は歩きながら、高級な日本酒もあるんだ、とつけ加えた。いつもビールやカクテル缶ばかりなのに珍しい。

……夜桜を観ながら日本酒って、いいな。

粋な計らいに期待しつつ、方々に広がるシートを避けて芝生の奥へ進む。

「薫、あそこだよ」

一棋が言った数メール先の桜の下に、馴染《なじ》みの面々が座っていた。

「薫さーん！　おつかれー」

事務所のメンバーは薫を入れて五人。皆私服で会社の花見には見られないだろう。

だが、薫はそこで異色なスーツ姿を発見した。すぐさま一棋の腕を掴んで引き止める。

「待って！　なんでアイツいるんだよ！」

小声で叫んだ薫に、一棋は当然のように答えた。

「僕が誘ったんだよ。差し入れに美味しい日本酒を持ってきてくれて、本当に彼は良い人だよね」

日本酒を持ってきた粋な男は健祐なのだと知った。

「一棋さん、あんた、なに健祐に買収されてんの」

「なにって、クライアントさんと親交を深めているだけだよ」

あっけらかんと答えた年上の友人を、薫は心底食えないひとだと思う。クライアントの社員として健祐を誘ったわけではないことくらい、見てすぐわかる。

するりと身近なひとの懐《ふところ》に入ってきた健祐をにらみつつ、内心楽しみにしていた花見の場を自ら崩すのは嫌で、薫は渋々靴を脱いで用意されていた位置に座った。健祐は薫が登場した瞬間から、視線を真っ直ぐぶつけてきている。

周囲のグループと同じように、事務所の皆も仕事からすっかり離れて屈託ない笑顔だ。一棋は全員揃った乾杯の音頭をとると言い、歓迎する彼らの様子に薫も硬くなっていた表情を和らげる。頭上から桜のひとひらが舞い降り、咲き姿を見上げて目を細めた。

「薫さん、最初はビール？」

「そう。ありがと」

一つ年下のデザイナー、早見麻奈《はやみまな》からビールを受け取る。

皆の明るい声に包まれた乾杯の後、まず食べることに専念した。それぞれメンバーは健祐を交えて談笑しはじめている。

仕出しのオードブルからいくつかつまんでおにぎりを食べ終えると、肩を突付かれた。

「薫ちゃん、これ、食べてみて。おいしいから」

新製品らしいお菓子を勧めるのは、年上の経理兼ＤＴＰ担当の高林雪子《たかばやしゆきこ》だ。食事を忘れがちな薫に昼食時間を教える係も担う彼女は美食家で、薫は遠慮なく一粒つまんだ。

「ほら、薫コップ取れよ」

その向かいから、少し先輩の土居慶介《どいけいすけ》がプラスチックのコップを薫に手渡す。成り行きで健祐から日本酒を注がれる羽目になった。

健祐の差し入れというのは癪だが、高級な日本酒というから味は気になる。においを嗅いでくちびるにあててみる。まろやかな甘味《あまみ》が広がった。

「それで、薫ちゃんって新開さんにナンかしたの？」

さらりと訊いてきた雪子の発言に、薫は酒を噴き出しそうになった。手の甲で口を拭う。

これまで一棋以外のメンバーから健祐との関係について訊かれたことはなかった。雪子も酒の席でなければ、こうして口にはしなかっただろう。

……皆、やっぱり相当気になってたか。

薫はついで麻奈にもチラと目を向けてみる。案の定、彼女とも目が合った。薫の男女を問わない恋愛の仕方を女性陣二人はよく知っている。おそらく健祐とも恋愛絡みの仲だと疑われているのだろう。

とはいえ、健祐とのことを素直に説明できるわけがなく、薫は感情を極力抜いて口を開いた。

「なにも、ないですよ」

機械音のような返答に、麻奈が目を見開いた。口元が「嘘でしょう」とかたどられている。

「彼、薫ちゃんが登場してからずっと薫ちゃんのこと気にしてるみたい」

雪子が冷静に教えてくれる。が、薫は言われなくてもわかっていた。

「知ってる」

「一度、フッたひととかなの？」

「いや、そんなんじゃなくて、……幼なじみあたり、かな」

「幼なじみ？」

鸚鵡《おうむ》返《がえ》しした雪子のそばに寄った麻奈が、興味津々の顔を健祐に向ける。場の雰囲気にあてられてか、いつもより積極的な態度だ。

「幼なじみなんですか、薫さんと」

彼女の質問に、健祐は相変わらず薫へチラチラ視線を送りながら頷いた。

「はい、小四で薫と出逢ったから、そんな感じですかね」

「じゃあ一八年くらいの仲になんのか。薫にも、そんなヤツがいたんだなあ」

慶介が言った一八年という数字に、薫も改めて驚きつつ、でも素っ気無く答えた。

「いるよ、一応。慶介にもいるだろ、地元に」

「まあな。って、おまえ一応なのか。どんな扱いだよ」

呆れたように返した慶介の隣で、麻奈が瞳を輝かせて訊いてくる。

「久しぶりに会ったって話でしたっけ？　なんかあったんですか？」

「もめたり喧嘩《けんか》別れでもなさったの？」

三人は、薫と健祐が過去になにかあったと憶測したようだ。薫は気まずい表情で口を噤《つぐ》んだ。

「なんというか、……俺が悪かったんだと思っています」

「じゃあ、薫ちゃん。これを機に許すのは？　ちゃんと話してみるのはどうかしら？」

雑談の延長線上で、雪子にまで諭された。

……桜を愛《め》でに来たっていうのに、またなんだよこの展開。

眉を大きく寄せる薫の異変に気づいた麻奈と慶介が、これはまずい話だったかも、という表情をしたが、肝の据わっている雪子はかまわず問いかけた。

「いらないお節介だったかしら？」

「まあまあ」

勝手に日本酒を注いで飲んでいた一棋が、朗らかに声をかける。

「ん、そうだな。薫、ちょっと一回立ってみて」

突然立てと言われてもわけがわからず、薫はようやく口を開いた。

「なんで？」

「いいから財布も持ってね。……そう、靴も履いて、」

促されるまま、靴を履く。宴の場を微妙にしたヤツは買い物へ行ってこい、ということだろうか。確かに今の状態ではゆっくり桜も観られないし、おちおち会話もできない。一度気持ちを仕切りなおしたほうがいいかも、と自身を納得させた薫は、次にビールを渡されて首を傾げた。間を置かず、一棋は隣にいる健祐の肩を叩く。それにあわせ、なぜか健祐も立ち上がる。薫と同じように靴を履いた。嫌な予感がした。

「ちょっと話し合ってきなさい。上司からの命令です」

雪子のときと違って、薫は一棋へ容赦なく声を荒らげた。

「はあ？　一棋さん、なに？　酔ってんの？」

しかし、これに雪子が手を上げる。

「私も一棋さんにちょっと賛成」

「あたしも賛成です」

「薫、今日くらい男と男の話してこいよ。ガキの頃の喧嘩別れなんだろ。謝らせてやれって」

残りのメンバーにも満場一致で推され、後には引けなくなった。薫は勢いよく缶のプルトップを開けて、イラだちを静めるべく中身を一気に飲み干した。おー、という皆の拍手に缶を投げ転がしてその場から離れる。

宴《うたげ》の最中にキレても仕方がない。ずんずんと公園の奥へ進むと、喧騒《けんそう》は遠くなり、光は薄くなって桜はまた夜に埋もれた。でも、夜目が利いてくると花弁の存在は闇に浮き立つ。風が強く吹いた。桜色がぶわっと舞う。花吹雪だ。

その美しさを目にした薫は、心奪われて足を止めた。途端にスルスルと不機嫌が晴れる。もとより薫は怒りが持続しない性格なのだ。

暗闇に目を凝らす。うっすらと浮く薄いピンク。曖昧な世界。

……健祐、俺が悪かったんだと思う、って言ってた。

薫は、心に引っかかる彼の言葉を引き出した。健祐は学生時代のことで、自責の念にかられているのだろうか。

……でも、別に健祐は悪くなかっただろ。おれは、そう、健祐が悪かったなんて、ひとつも思ったことはないんだよ。

「薫」

後ろから男の声がする。薫は観念して振り返った。二人きりになることはずっと避けていたが、この状況ではどうしようもない。暗くて表情が見えにくいことがせめてもの救いだ。

「気分悪くさせたなら、ごめん」

健祐は謝りながら薫に近づき、絶妙な位置で立ち止まった。手を伸ばして触れるか触れないかの距離だ。薫は逃げることも拒絶することもできず健祐を見つめる。

「みんな、いいひとたちだよな」

一〇年前まで日を置かず聞いていた彼の声は、大人になってずいぶん落ち着いている。過去を掘り返さず現在のことを話す素振りだ。薫も静かに口を開いた。

「だから入社したんだよ。たまにお節介だけど」

「でも、いいひとたちだよ」

健祐の言葉に、うん、と素直に頷いた。自分で見つけた大切な居場所のひとつだ。

「薫がグラフィックデザイナーなんて、本当にすごいよ。尊敬する」

まるで自分のことのように喜ぶ言い草に、薫のほうから過去の記憶を手繰《たぐ》り寄せた。

「こっちは、おまえが製薬会社の社員なんて、違和感満載なんだよ」

不安と後ろめたさが交ざったような、もやもやした気持ちで言う。本当は健祐に訊きたいことがたくさんあった。

「医者はどうしたんだよ。医学部は行かなかったのか」

自分自身は棚に上げて、一番気になっていたことを尋ねる。健介の顔が暗闇の中でゆがんだように見えた。

「行って卒業したよ」

「じゃあなんで、ここで会社勤めしてんだ」

おれのせいか？　とは、あまりにこわくて訊けなかった。自分のせいだったら、これからどうやって健祐と接すればいいのか、ますますわからなくなる。

「いいよ、俺のことはもう」

健祐は自分のことを切り捨てて、もう一度名前を呼んだ。

「薫」

彼が気になっていることは、『薫がどうして自分から離れてしまったのか』なのだろう。

薫は訊かれる前に答えていた。

「健祐になんの落ち度もないんだから、気にするなよ。おれは上京したくてしたんだ。健祐は別に、おれに謝るようなことはしてないんだから」

たとえ健祐にたいして負の感情があったとしても、それは怒りではない。でも、薫も明確にその感情に名前をつけられない。

自分の過去は、薫自身も不安になるくらいあやふやになっているからだ。

「そうなのか？」

拍子抜けするように問い直した健祐が一歩近づく。

「じゃあ、なんで、あんなものを、」

距離を縮めた健祐を、薫は強くにらんだ。

「なんでもなにも、もう過去のことだって、何度も言ってるだろ」

なにを言及されても、この言い分で薫はすべてを終わらせるつもりだった。

……問い詰められても、おれにはなにも言えないんだよ。お願いだから、健祐。

闇の中で視線を逸らす。

この場は、まるで自分の記憶を抽象的にあらわしているようだと思った。暗くひんやりした曖昧な空間。桜という甘美なものがあって、そばに健祐もいるのに、なんだか妙にこわくなってくる。早くこの場から離れたい。

独り言のようなつぶやきが目の前で聞こえる。

「そうか、薫が過去のことだっていうなら、」

言葉の最後は、ザアッとさざめく音にかき消された。

身体を揺らすほどの強風がやってきたのだ。突然のことに、薫は目をつむって身体をすくませる。しかし、頬に当たる冷たい夜風は一瞬の間に静まった。

「大丈夫か」

すぐ耳元に響く彼の声。薫の身体に、男のスーツがわずかに触れている。

健祐が盾になってくれたのだ。二人の頭上では、桜の花弁が美しく舞っている。一〇センチの身長差は健在だった。

肩幅のある彼の懐《ふところ》に逃げ込めば温かいことを知っている薫は、健祐の身体を瞬時に払いのけて、一歩後ろへ下がった。

健祐のにおいが鼻腔《びこう》に留まって離れない。

薫は薄く鳥肌を立てて健祐を見る。彼は少し傷ついた表情をしていた。新たな後悔が生まれそうな自分を叱咤して、眉間にしわを寄せた。

「薫は、変わったな」

健祐の言いように、薫はムッとする。昔はもっと素直だったとでも言いたいのか。

「そりゃ、変わらないとおかしいだろ。一〇年も経ってんだよ」

今年二八歳になる。もう立派な大人ではないか。誰かに頼らなくても生きていけるし、自分の食い扶持《くぶち》は自分で稼いでいる。

しかし、一〇年ぶりにあらわれた彼の前では、素直になれない自分がいることにも気づいていた。ただの知り合いとして処理したい健祐を、猛烈に意識している自分がいる。

薫の冷たい言い方に、健祐はなぜかやさしい表情を浮かべている。今さっきの傷ついた顔はなんだったのか。じっと見つめ合えば、健祐が口を開いた。

「うん。すごくきれいになった」

想像していなかった台詞に、薫は大きく目を見開いて緊張した。彼の言葉が鋭く甘い電流となって全身を走る。

……このまま一緒にいたら、健祐のペースにもっていかれる！

「も、戻るぞ」

健祐の口説き文句で、桜も暗闇もなにもかもふっ飛んだ薫は、理性を総動員してムードをぶち壊した。せかせかと来た道を引き返す薫の横を、健祐が何事もなかったかのように黙ってついてくる。

身体に残る甘い痺《しび》れで混乱しそうな脳内を、薫はただひとつの意思決定で食い止めた。

……これからは本気で健祐との接触を避けたほうがいい。この調子じゃ、会うたびにペースが乱されそうだ。

皆のところへ戻ると、酔っ払い全員に仲直りしたのかと訊かれた。薫は曖昧に言い逃れて、缶のプルトップを開けた。仲直りもなにもはじめから喧嘩はしていないのだ。健祐はというと、明日も早いとのことで、そのまま座り直すこともなく帰宅の途に就いてしまった。

花見は健祐が居なくなっても続いたが、薫は最後まで酔うことも桜を愛でることもできなかった。胸の内にあった甘い痺れは、次第に強い後ろめたさへ変化した。

片付けを終え、事務所へ戻る一棋に付き合った薫は、電車の中で彼に言った。

「一棋さん。当分在宅で作業していい？　期日はちゃんと守るから」

「え？　うーん、いいけど、」

荷物を持つ一棋は不思議そうな顔をして了承する。アルコールが回っているせいか、細かく理由を訊いてくることはない。

「明日、必要なもの取りにまた事務所に行くよ」

「あれ？　薫、明日休みじゃなかった？」

わざわざ来るの？　という言い方をされる。土日返上でデザインを制作する期間の中、たまたま平日の明日を代休にあてていたのだ。しかし、休日はどうでもよくなっていた。今の状態で休日をもらっても、休息できるわけがない。

夜桜の下で、薫は明らかな健祐への情を認めてしまったのだ。でも、それはやさしく甘いだけではなくて、恐怖と罪悪感が入り混じっていた。薫は得体の知れないものを封じようと言葉を返す。

「いい。明日は事務所に行く。でも、その後はなるべく自宅でする」

そう言うと、電車は事務所の最寄り駅に止まった。薫は気持ちを引き締める。

今は、健祐の存在をできるかぎり遠くへ引き離すことが先決だった。


薫の選択は功を奏した。自宅にこもって仕事をするようになると、健祐との過去を思い出すことも次第に減っていった。やはり元凶に接しないと心も健康になる。作業は順調に進み、全一二パターンを期日までに仕上げて製薬会社へ提出した。無論、受け取りに来たのは健祐だったらしい。一棋がそう教えてくれた。

クライアントから返答をもらったのは、四月下旬。薫が思っていたとおり、単純に一パターンだけ選んで終わりとはならなかった。先方は三パターンに絞った上で、ロゴの配置はこちらの感じで、色はそちらの感じ、でも雰囲気はあちらで、と、三点を合体させるような要望をよこした。面倒極まりない返答だったが、先方の目指すおおまかな雰囲気は掴めた。デザインの再提出締切日はゴールデンウィークをはさんでいる。連休前にある程度かたちにできれば、後回しにしていた別案件も同時並行で着手できる。

今日の薫は、指定された三案からイメージを再構築する作業を行なった。日が暮れた頃、一棋から販促品の新資料とサンプルをもらったという連絡が来て、事務所へ向かうと話した。ジャケットを羽織って一時家を離れる。

すっかり暗くなっている外は、春の暖かさをうっすらと残していた。短い商店街を抜ける途中、薫は脇に設置されたいくつもの花壇を見て足を止めた。デイジーたちが歌うように咲いている。薫はこうした小さな風情を愛していた。目に留めた花の色は、いずれデザインに反映されるだろう。

帰宅する人々とすれ違いながら私鉄へ通じる階段を下る。スーツを着た男が妙に多い時間帯だ。ICカードをかざして改札を通る。スーツ姿は健祐を連想させるから、最近は苦手だ。

電光掲示板を見上げると、次の電車の到着は八分後だと記されてあった。各駅電車しか止まらない駅だから仕方ない。薫は地下のプラットフォームに標《しる》された停車位置の数字を見て、歩みを止めた。六号車の位置が降車駅の改札口に一番近い。

待っていると、妙な違和感を覚えた。

……なんか、視線を感じる気がする。

自意識過剰かもしれないと思いながら、薫は直感を頼りになんとなく左のほうを見た。

すぐ近くにベンチがある。スーツ姿の男がいて、薫を見上げている。

薫は、男の顔を見て絶句した。

なんで、という驚いた表情を、生真面目に受け止めた健祐が立ち上がる。

「薫、」

名前を呼ばれ、薫は途端に怒りを覚えた。

……なんでコイツ、おれんちの最寄り駅を知ってるんだよ！

しかも、待ち伏せとはタチが悪い。花見ぶりに見た彼を、きつくにらみつける。

「おまえ、つけたのか？」

あふれそうになる怒りを堪《こら》えて、唸りにも似た声がでた。健祐は気まずいような表情をしている。はじめから薫に非難されるとわかっていて、張り込んでいたのだろう。

「ごめん。一棋さんに無理言って教えてもらった。家の住所まではさすがに教えてもらえ」

「当たり前だ、バカ！　なに考えてんだ！」

健祐の言葉に怒りを抑えきれず声量が上がる。激しい憤りは、この場にいない一棋にも向けていた。

「そういうことして、おまえは恥ずかしくないのかよ！」

叫んだ薫は、自分の大きく反響した声で我に返った。慌てたように視線を配った健祐が、

「ごめん」ともう一度繰り返して、薫の腕を摑んだ。振り払いたかったが、これ以上目立つ

のを避けたくてイラつきながら従う。

　死角となる柱の裏にまわると、健祐は申し訳ないような表情で腕から手を離した。

「薫の言うとおりだと思う。でも、俺にはこれしか薫と接点をつくる方法がないんだ」

　切羽詰まった言い分は大げさだ。薫はすぐに言い返した。

「おれのPCにメールすればいいだろ。なんのために名刺渡してんだよ」

　言葉尻と快速電車の通過が重なる。プラットフォームが静まるまで二人は一歩も譲らず目で牽制《けんせい》し合う。

「ちゃんと、俺に返信してくれるのか？」

　口を開いた健祐から鋭い問いが落ちる。強気の態勢でいた薫は途端に目を泳がせた。図星をつかれてなにも言えなくなる。

「どうしても、ひとつ薫に訊きたいことがあるんだ」

　健祐は、懇願するように問いかけた。

「薫は、俺のことが嫌いだったのか？」

　響かないように小声で尋ねてくる台詞が重い。薫の視線が下に向くと、また電車が来る音が響く。今度は停車して、ドアから人が放たれた。

　乗るはずだった各駅電車が過ぎるまで、途方もなく時間がかかったような気がした。薫は今度も答えられず口を噤んだまま、じっとしていた。

言えない想いが、胸の中でかたちになる。

……健祐のこと、嫌いになれないから、おれは逃げてるんだ。

本当に嫌いだったら、なじって無視して終わりなのだ。

健祐は沈んだ声でもう一度尋ねた。

「話したくないくらい、嫌か？」

その声は薫をも落ち込ませた。自分でも、どうすればいいのかわからない。

健祐のことは嫌いじゃない。思い詰めてこんなことをしてしまうヤツだが、根はやさしい男だと知っている。薫は一〇年経っても健祐への情を失っていなかった。ただ、この情には得体の知れないものがいくつも複雑に絡みついている。それらが一体なんなのか知りたくない。情に名前をつけたくない。

健祐への情には決して名前をつけてはいけないのだ、と、強烈に抑制するなにかが薫の中にあった。理由はわからない。

健祐の顔を見るのが、なんだかこわくなった。強い不安が心を巣食いはじめる。

「そういうんじゃない。まだ仕事が残ってるから、今日はもういいだろ」

つっけんどんに話を終わらせた。そして不安を押しのけるように、柱の陰から一歩明るいところへ足を出す。曖昧にはぐらかす様子を見て、肩を落とした健祐もあとについてくる。

「仕事、大変なんだな」

おまえの会社の仕事だろ把握してろよ、と言いたかったが、また謝られたくなかったので澄まし顔をつくった。遠くにある電光掲示板には、あと八分後に電車が到着するとある。堂々巡りだ。不穏な沈黙が訪れ、薫はただただ早く電車が来るように祈った。

きっちり八分後、各駅電車が再びやってきた。健祐が帰宅する気でいるのなら、彼もこの電車に乗るはずだ。事務所のある駅までは一緒になることを覚悟しながら、薫はチラと見た。目の前でドアは開いたが、隣に立つ健祐は動かない。

「俺は、一本遅らせて乗るよ」

「そう。じゃ、」

薫はそれだけ言い残して乗車した。すぐにドアが閉まり、電車が動きだす。健祐が離れていく。

自宅の最寄り駅まで押しかけるしつこさと、それでも一緒についてこない男の行動に振り回され、薫はドアに寄りかかると目を閉じた。たった一五分くらいの対面にもかかわらず、心は大きくかき乱されていた。

……なんなんだよ、アイツ。勘弁してほしい。

過去を捨てるために上京した自分の気持ちを荒らされる不快感。健祐が自分を捜すために地元からどうやって離れたのかという不安。健祐の求めているものになにひとつ応えられない焦燥。自分の中にある彼へのよくわからない情。得体の知れない罪悪感。

いつもならば、好きとか嫌いとか簡単に吐き出せて片付けてしまえるのに、健祐についてはそれができない。考えれば考えるほど、やがて自分の中のおかしな部分に突き当たる。

……正直、健祐よりも、あるはずの記憶が雲を摑むみたいに曖昧で見えないことのほうがこわいんだ。

最近、自分の記憶の不明瞭さがこわくなっていた。健祐と再会してから、地元にいた頃の記憶は面白いくらいスルスルと出てくるようになっている。けれど、高校三年生のある時点から上京直後あたりまでの記憶がどうしてもあらわれないのだ。無理に思い出そうとすると、強い恐怖と後ろめたさに襲われ、薫はこわくなって思い出すのをやめる。その繰り返しだ。

薫はそっと胸に手をあてた。今も正体不明の恐怖心が出てきている。最初は単なる嫌悪感だと思っていたが、これはどう考えても恐怖心だ。

なぜ、こわいと思ってしまうのか。なにをこわいと思っているのか。薫自身にも理由がわからない。

学生時代の薫は、少なくともある時点まで健祐と楽しく過ごしていた。一緒にいるのが当たり前で、日頃から頼りにしていた。セックスを強要されたことは一度もない。健祐はしつこいところはあるが、薫を気づかって身を引ける男なのだ。

ならば、再会した彼に深入りすることで、また共依存化してしまうのではないか、と心が警告しているのかもしれない。でも、それも今は違うような気がしていた。健祐と接したくらいで恐怖心は出てこないからだ。決まって恐怖に襲われるのは、記憶を無理やり引っ張り出そうとするときと、今のように健祐への情を感じてしまうときなのだ。

この恐怖心は健祐というよりも、閉ざされた記憶となにか関係があるのかもしれない。

……地元でなにかがあったはずだ。けど、なんか思い出すのにやたら勇気がいる。変な、嫌な感じもするんだ。

自分の過去と感情がよくわからない。だから余計、こわくなって気持ち悪くなる。過去を封印したくなる。

……きっと、こんなふうになるから、過去を封印していたんだよな、おれは。

自身を慰めるように心の内でつぶやく。こんなにも、こわいと思うのだ。絶対に忘れておいたほうがいい事柄なのだろう。胸を押さえて、ゆっくり呼吸を整える。

……本当に、そっとしておいてほしいんだよ。健祐、お願いだから。

薫は心の中で彼に懇願した。現状の生活で充分満足しているのだ。でも、健祐は薫に会いたがる。思い出したくないなにかを、思い出させようとしている。

今やそれに、一棋も事務所の皆も加担している。

そう思うと、もやもやした気持ちが一気にひとつになった。あの健祐がバカな行動に出たのも、全部一棋のせいだ。

事務所の最寄り駅を降りるとますます一棋への怒りが加速する。薫は自然と早足になって、勢いよく事務所のドアを開けた。

「一棋さん！」

幸いほかのメンバーは誰一人いなかった。ＰＣを操作している一棋も、薫の様子から異変に気づいただろうが、いつもと変わらぬ素振りだ。

「薫、お疲れ」

「なんで健祐におれんちの最寄り駅教えたんだよ！　さっきアイツいたんだけど！」

一棋の言葉に間髪を容れず、薫は怒りの形相で叫んだ。

「帰りがけに寄ったんだ、彼。さっきまで、こっちに来てたよ」

彼は動じず、朗らかに言葉を返す。

「はあ？」

イラつきを全面に出した言い方にも、一棋は動じない。

「新開さんが持ってきてくれた資料、今コピーするね」

「じゃなくて、一棋さん、おれが迷惑被ってるってわかってんの？　アイツしつこい男なんだよ？」

薫が本音を口にすると、コピー機の前に立っていた一棋は、手を止めて薫に向きなおった。

「しつこいというか、彼は健気なんだよ。薫がいなくても薫の好物差し入れして、逐一仕事の情報流してくれて、薫に会えるかどうかもわからないのに待ってて」

すっかり擁護する発言だ。

「半分以上仕事関係なくなってんじゃん！」

「半分以上もなにも、ほぼ薫のために動いてるんだよ、彼は」

「別に求めてもないし、迷惑なんだけど！」

言い合いの間に、一棋はすっかり年下の友人を見る目に変わっていた。呆れたような表情だ。

「薫。それ、なんで本人に言わないの。さっきも会ったんだよね」

年長者の的確な一言に、薫は言葉を詰まらせた。それを言われると弱い。

「二人がもたもたしてるから、花見のときにちゃんと場を設けてやったのに、話し合ってなかっただろう」

滅多に怒らない一棋の声が少し低くなる。酔っていながらも、二人の様子をちゃんと見ていたらしい。薫は勢いを失《な》くして口をとがらせた。

「そんなの、できるわけないじゃん」

「新開さんとただならぬ関係だったからか」

一棋にズバリ正解を言われ、見破られてしまった薫は沈黙した。沈黙は認めたことと同じだ。一棋が大きく息を吐いた。

「最初から、ヘンな感じはしてたんだ。単なる地元の男友達っていう様子とは明らかに違うし、幼なじみにしてはお互い意識しすぎだよ」

　そう言うと、確信に至った経緯も一棋は話してくれた。薫の代わりに一棋が健祐の相手をしていたことで、仕事の話以上のことも彼が語ってくれるようになったという。健祐は露骨に薫の話をしていなかったが、その感情は透けてみえていたようだ。

「でも、一〇年も前の話なんだよね。当時は高校生？　だったとしても、二人とももう子どもじゃないんだから。それにわだかまりさえ解ければ、彼ももっと前を向けるはずなんだ。彼は話がわかる人だよ」

　言葉を区切った一棋は、薫を見て続けた。

「正直なところ、穏やかでしっかりしている彼が薫の幼なじみだと知って、僕は本当に安心してるんだ。薫はすごくマイペースで危なっかしいところがあるのに、上京するまでどうやっていたんだろうって少し気にはなっていたんだよ。薫は昔のことを話したがらない。家族仲がすごくいいのかと思えば、けっこう疎遠だ。でも、新開さんを見ていてわかったよ。彼がずっと、あんな感じで薫のそばにいてくれたんだね？」

　一棋の憶測は当たっている。薫の表情を見て、一棋は口元を緩めた。

「新開さんのこと、今も嫌いじゃないんだろう？」

　もうひとつ確信を得ているような問いかけが入る。薫は頷くように俯いた。

「学生時代に付き合っていて、上京を機に別れたっていう相手だったの？」

それには首を横に振った。

「違う。付き合って、ない」

「え？　じゃあ、プラトニックだったの？　どう考えても、違うよね？」

痛いところを突かれる。プラトニックどころか、肉体関係ありきの仲だった。罪悪感が大きく広がる。

「薫にとっては、なんだったの？」

とても難しい質問だった。右手で胸を押さえる。

……この気持ちに、どうしても名前をつけたくない。

懺悔室《ざんげしつ》にこもった子どもがするように、薫は下を向いたまま答えた。

「わかんない」

力が抜けたような一棋の息づかいが聞こえた。

「そっか。薫は、まだわかんないことなんだね。それじゃ、新開さんが納得できてないのも無理はないよ。再会は偶然だったにしても、お互いこれを機にちゃんと解決しておいたほうがいいと思う。薫のためだけじゃなくて、新開さんのためにも。栄養ドリンクの案件もまだまだ続くしね。って、仕事に支障きたしそう？」

「……くるに決まっててんじゃん」

恨み節のような声に、一棋が小さく笑った。

「ごめん。あとは二人のペースに任せるよ。僕は薫を信頼しているからね」

大人の余裕を見せて彼は仕事に戻り、薫は処理しきれない感情を抱えてデスクにおさまった。PCをつけて、そのまま石のように固まる。

確かに、健祐ときちんと対峙せずに逃げてばかりの自分がいる。過去は過去だと言いながら、当時のことをまったく整理できずに振り回されている。これでは健祐と同じ穴のムジナだ。

薫は年上の友人の言葉に反省した。ようやくマウスを握る手が動く。すると、一棋が見計らったように印刷した資料となにかをデスクに差し入れる。パステルカラーのマカロンだ。どう見ても健祐が持ってきたお菓子だ。

彼は出逢った頃から、恐ろしいほどマメな男だった。特に、薫にたいしては最初から最後まで尽くしてくれた。マカロンの袋を剝《む》いて、口に入れる。甘くてなんだか切なくなる。薫はすごく悪いことをした気になって、少し泣きたくなった。

あれだけ自分を大切にしてくれていた健祐なのだ。嫌いになれるはずがなかった。

爽やかな風とともに、ゴールデンウィークはやってきた。薫は休みを利用して、個人的に友人に頼まれたCDのジャケット制作に取りかかりはじめた。再構成した栄養ドリンクのパッケージデザインも微調整を続けているが、数日間は友人の依頼に重点を置くことにしている。久しぶりに依頼込みで友人と会って話をしたことも、悶々としていた心には良い作用を見せた。近況報告とともにジャケットのデザイン案を聞いてラフを描く。友人も曲づくりで忙しいらしく、インターネット上のやり取りが主だ。

五月の初日は、資料と素材を事務所へ取りに行くため、薫は昼前に家を出た。外は一足早い夏の予行演習のような暑さだが、地下に入ると涼しい。五分丈のカットソーを着ていた薫は、改札口を抜けると小豆色のカーディガンを羽織った。電光掲示板を見て、次の到着時刻を確認する。

プラットフォームを真っ直ぐ歩けば、人待ち顔の男に気がついた。スーツではないが、すぐにわかる。

健祐である。また駅に張り込んでいたらしい。

二度目の悪行に、薫はイラつくのを通り越して呆れてしまった。健祐は待ち伏せしておきながら、薫を見てバツの悪そうな顔をしている。一応、人として嫌われるような行為をしているとわかっているのだろう。

健祐のファッションセンスは昔から変わっていないようだ。暖色系の服が好きな薫と違って、彼は品の良い寒色のシャツを着ている。片手に持っている薄手の羽織りものも黒い。学生時代は大人びた優等生の雰囲気だったが、今は歳相応といった感じだ。

薫は成長した健祐をじろじろ見ながら近づき、つっけんどんに口を開いた。

「あのさ、暇なの？」

直球の質問に、健祐もすんなり頭を下げた。

「ごめんな。こないだは薫の気分を害させた」

「って、今日も張り込んでんじゃん」

健祐が困ったような表情になる。もう一度謝った。

「うん、ごめん。でも、ほかの方法が思いつかなくて。薫には、迷惑かけてると思うけど」

彼も鈍い男ではない。薫はため息をついて健祐の隣に立った。逃げていても仕方がないと、先日の一件で一棋から諭されている。

「もういいよ。……おれは事務所行くけど。そっちは？」

電車は五分後にやってくる。彼はホッとした様子で線路側に向いた。

「大型連休中で、平日だけど会社は休みなんだ」

「そりゃいいご身分で。まさか、ゴールデンウィークはじまってから毎日張り込んでたわけじゃないよな」

「ごめん。やることないから」

当然のごとく即答する健祐に、うんざりするような表情で再度同じ台詞を投げかけた。

「暇人なの？」

冷たい言い方に聞こえたのか、困った顔の彼が小さく返す。

「上京してから、休みは持ち込んだ仕事をしているか……薫の言うとおり、ずっと暇してたよ」

それを聞いて、薫はなんともいえない気持ちになった。一棋から今の健祐について何度も聞かされているが、どうやら彼は社内でも頭を使う難しい立場にいて、平日はほぼデスクに座れず、休日も時々資料作りにあてているらしい。健祐の献身的な働き方と雰囲気の良さを、一棋はとても気に入っている。「うちの営業担当にしたいくらい」という発言には同意できない一方、確かに一棋のビジネスサポート役に健祐はよく合いそうだと薫も思う。

……健祐も年上に気に入られるタイプだもんなあ。でも、オレと違って年上年下関係なく頼られるほうか。

薫は学生の頃を思い返した。健祐は中高時代、よく先生の手伝いに借り出されていた。教師だけでなく先輩からも一目置かれ、生徒会の役員になってほしいと説得されたこともある。彼がそれを頑《かたく》なに断っていたのは、薫が「役員になったら、おれは健祐のこと待ってなきゃいけないの？　そんなのヤダよ」と喚《わめ》いたからだ。

……健祐は、いつだっておれを一番に優先してくれたもんな。

過去を改めて思うと、甘酸っぱい気持ちが広がってくる。同時に余計な記憶を掘り起こしてしまったと小さく悔やみながら、一〇センチ背の高い彼を見た。すぐに視線が合う。窺《うかが》うような表情は、薫の気持ちを害していないか不安なせいだ。

別に怒っていないことを教えるべく、薫は努めて穏やかな言葉を選んだ。この前の件で、薫もそれなりに反省したのだ。

「よかったな、今日晴れて」

すると、健祐は薫の声に少し安心した表情で頷いた。

「うん、今日は良い天気だな。でも、薫はそれで寒くないか？」

カットソーにカーディガンとスキニーパンツという服装にたいして、健祐はそんなことを思ったらしい。

「今日の気温くらいは知ってる。別に大丈夫だよ」

「でも、夜は体感温度もだいぶ下がるだろう？　風邪引かないか？」

別に夜まで外出してる予定じゃないし、と言いかけて、薫は開きかけた口を一度閉じた。視線を落とすと彼の着ていない上着が目に入る。

「じゃ、寒かったら、健祐のそれ借りるし」

言い返させない答え方をすれば、健祐は素直に自分の手元を見た。これを貸せばいいんだと彼も納得したようだ。その間に電車がやってきて、ドアが開く。

人が降車しても躊躇うような視線を投げる健祐に、さすがの薫もじれったくなった。健祐の腕を掴むと引っ張って電車に乗る。彼も薫の行動と車両ドアが閉まるスピードに慌てて、頭をかがめながら中に入る。すぐにドアは閉まって動きだした。

するると、今度は足元に力を入れる間のなかった薫を支えるように、健祐の空いた手がスッと薫の胴に回った。そして、大胆に引き寄せられる。突然の行動に、薫は逃げるよりもただただ驚いた。公衆の面前で至近距離になるという事態となっても、薫を支える健祐は自然体だ。身体の向きを変えて、ゆっくり薫を誘導する。守られるようにドア側へ移った。

ふわりと感じていた健祐の体温とにおいが離れて、薫は角に寄りかかる。

……も、すっごいドキドキした！　しかも、コイツ無意識でやったよな今！

右手で胸を押さえながら、目の前に立つ男を見た。車内の角にいたほうが安全だという健祐なりの配慮だろうが、すっかりエスコートされた女子の気分だ。

「薫、荷物持とうか？」

そんな薫に気づかず、健祐はさも当然のように紳士的な対応を見せている。出逢った頃から薫への気配りがひとつも変わらない健祐を嬉しく思う半面、なんだか少しこわいような気になる。

どうにか鼓動をなだめながら、甘え癖を出さずに澄まして答えた。

「い、いいよ。重くないから」

子どもでも女性でもないし、昔のように健祐を頼りにするつもりはない。薫は見た目ほど弱々しくはないのだ。上京してから、ものづくりは体力がいることを学んでいる。美術道具は案外重量があるし、材料も重いものはたくさんある。趣味や友人の依頼でデザイン以外に木工細工やアクセサリーづくり、日曜大工的なこともする薫は、クリエイティヴなことのためならばなんでも担いでいけるガッツがあるのだ。

……そういえば、健祐に趣味ってあったっけ？

ふと薫は疑問に思った。薫は絵を描く趣味をきっかけにデザイナーの道へ進んだが、健祐にはそうしたものがあっただろうか。勉強をしているところは学生時代に散々見ていたが、そのほかは始終薫の隣にいて薫がしていることをただ眺めているばかりだったような気がする。

「どこか気になるところ、あったか？」

首を少し傾げて戸惑う瞳が見える。張り込みから劣勢になっている健祐は、薫からじっと向けられる視線にまたいらぬ心配をはじめたようだ。そんな様子に薫は微笑んだ。

健祐は背が高くてかなり男前だ。でも、際立っているのは万人受けするお人好《ひとよ》しな雰囲気だろう。話しかけやすい感じは得だし要領も良い。英語もスラスラと話せるレベルのはずで、世界のどんな国に住んでもやっていける性格だといえる。だが、健祐はいつも控えめだ。もっと自信のある様子を堂々と見せればいいのに、と思う。健祐の雰囲気ならひとから反感は買わない。

……まあ、頼りがいのある性格が人に知られすぎると、面倒事を押しつけられやすいってこともあるからなあ。学生のときみたいに。

「いや、……健祐って趣味のない男なんだなって思って」

健祐の性格を見直していたとは言わず、その前に思っていたことを伝える。真に受けた健祐は苦笑混じりにつぶやいた。

「つまらないヤツみたいだな、俺」

男らしくない消極的な発言に、薫はムッとした。

「別にそんなこと言ってないじゃん。おれ、健祐がつまんないヤツだって一回も思ったことないし、趣味が全然なくてもイイ男はいっぱいいるし、」

言い返している途中で、健祐を肯定する発言だと気づく。目の前で、彼が救われたようなやさしい笑みを浮かべた。

「ありがとう、そう思ってくれて」

見透かされた気になって少し顎を引く。さっきのドキドキと違って、じわじわやってくる甘い感情は余計タチが悪い。薫は振り切るように視線を車内の液晶画面に向けた。次が降りる駅だ。

「健祐、次の駅、」

わかりきったことを口にすると、彼が嬉し気に頷いた。慈愛に満ちた眼差《まなざ》しを向けられたまま電車を降りる。甘い雰囲気が続くことをおそれた薫は足早になった。

辿り着いた事務所には一棋と慶介がいた。連休の間にある平日は自由出勤になっているから、仕事をしに来ているのではないだろう。特に慶介はかなりラフなTシャツ姿だ。薫も知っている海外バンドの名前がTシャツに大きくプリントされている。

年上の二人は、健祐を連れ立った薫を見て、「おやおや」といわんばかりの表情を浮かべた。想像どおりの気まずい視線に目を逸らす。

「おはよう薫」

「おーす。薫来たんだな」

「おはよ。ちょっと資料取りに」

「おはようございます」

「おはようございます。新開さんはお休み？　私服、はじめて見たなあ」

一棋はすっかり気に入っている健祐へ近づいて、友人のように会話をはじめた。薫がその間に必要な資料を探していると、慶介がデスクの前に立って声をかけた。

「薫。前言ってたやつ、参考になりそうなもん持ってきたぜ」

彼が手にしているのは、ディスクとデザイン集二冊だ。これから制作するCDジャケットがロックテイストのもので、薫は事前にその手のデザインが得意な慶介へ相談していたのだ。彼はちゃんと覚えていてくれたらしい。

「あ、助かる。それ、二ヶ月くらい借りても慶介は大丈夫？」

「いいぜ。むしろ、データはやるよ」

「ありがと。参考にする」

そう言えば、と、薫は慶介に新たなデザインの相談を持ちかける。すると、彼はもう一点参考資料を持ってきてくれた。アイディアが増えたことに改めてお礼を伝える。数日あればデザインが出せるだろう。

荷物をまとめてＰＣ電源をオフにしたところで、目ざとい健祐から案の定、声をかけられた。

「薫、今日の仕事は？　このあとも？」

「うちの事務所は小休止中だから、今日はないよ。基本お休み」

代わりに一棋が答える。

どうデートを切り出そうか考えあぐねているようにしか見えない健祐に薫は仕方なく声をかけた。プラットフォームで振り切らなかった時点でこうなる運命だったのだ。元々立てていた予定を彼に教えた。

「これからおれは映画観に行くけど、健祐は？」

意外だったらしく、驚いたように健祐が問い返す。

「え？　それ、一緒に行っていいの？」

一棋も健祐と同じような表情をしているのが見えて、薫は目を逸らして答えた。

「全部、健祐のおごりなら」

「いいよ。全部おごる」

健祐がとても嬉しそうな表情をする。それを見て、こういう表情を学生時代もよく見たな、と思った。が、それはセックス最中の表情だったと気づく。脳内にあらわれる痴態をかき消すように、慌てて言葉を続けた。

「ほんとは今日、カレシと行く予定だったんだけど、ドタキャンされたんだよ。おまえはその代わりにちょうどいいから」

すると、彼の笑顔がみるみるしょげた。ホッとしたと同時にズキッと胸が痛む。嘘はやはりよくない。でも、訂正はしない。

真に受けた健祐は、薫を責めることなくつぶやいた。

「いいよ、代わりでも」

事務所の居心地が一気に悪くなった。傍観している一棋と慶介の表情が如実に変化している。薫は一切無視を決め込み、足早にドアへ向かった。

「ほら、行くぞ健祐」

薫より大きな身体をした健祐が、いそいそとついてくる。それを黙って見送る慶介の顔には「ツンデレとかいうレベル超えてるぞ」と書かれていて、一棋は「小悪魔、悪魔どころか鬼だ」と表情だけで訴えていた。

しかし、薫には曲げられない信念のようなものがあった。健祐は皆が思っている以上にタチが悪い。薫の喜ぶポイントを熟知しているし、自分を甘やかすことが上手なのだ。この一日、その情にほだされて流されてはいけない。

早速、電車賃まで出そうとする健祐を制して、予定どおり繁華街に訪れた。目当ての単館映画の上映時刻までは、まだ四時間ほど暇がある。健祐と向かい合って食事をすれば、かならず彼から過去への言及があるだろう。薫はできるかぎり昔の話をしたくなかった。ふとした拍子にまた負の感情に振り回される気がするからだ。気持ち良い一日を過ごすプランを瞬時に考え、目的の単館映画を待つ間にも一本映画を観ることにした。映画館ならば、健祐と余計な会話をしなくて済む。

薫は有無を言わさず、駅そばの適当なシアターに入って適当な大衆映画をセレクトした。とりあえずポップコーンと飲み物で胃を満たす。暗闇の中で大画面に向き合っていれば、自然と隣にいる健祐の存在も薄れていった。派手なアクション映画は、場つなぎや退屈しのぎには最高だ。

三時間近くかけて見終わったあとの会話は、映画にまつわることだけにしてほしい、とあらかじめ牽制をかけた。そうでもしないと、健祐がなにを言いだすかわからない。質問責めも、今の気持ちをぶちまけられても困る。薫側に受け止めるキャパシティーはないのだ。

健祐は薫の駆け引きを快く受け入れた。昔と変わらず薫の意向にあわせて、早速観た映画の感想を話しはじめてくれる。少し安心した薫は腕時計を見ながら、繁華街から離れたところにある本命の映画館へ足を向けた。

「薫は、けっこう映画も観てるんだ？」

新たな発見をしたように、健祐が尋ねてくる。こうした当たり障りない質問なら、薫も簡単に答えられた。

「うん、よく観るよ。インスピレーションとかデザインの素材探しも兼ねて」

「本は？」

「そういうのも見てる。画集とか、図鑑とか、」

「昔みたいに小説は読まないんだな」

健祐が比較するのは学生時代の薫だ。だから薫も素直に顧《かえり》みて応えた。

「うーん、小説は最近読んでないなあ。レンタルでＤＶＤ借りてるほうが多い」

確かに学生時代は、映画よりも小説のほうが好きだった。特に好んで読んでいたのはマニアックともいえる南米文学だ。熱帯雨林と荒れた大地、表情をくるくる変える豊かな海、人々の織り成す感情の濃さなど、土地が魅せる極彩色の世界に高校生の薫は入れ込んだ。日本とは対極にあるラテンアメリカの世界は、まるで神話のようであり活字で描かれた絵画にもみえた。

当時の薫は、気に入った南米小説のページを何度も読み返しては、思い浮かべた情景をたくさん絵にしていた。あの禍々《まがまが》しく魔術的な美しさと哀愁のこもったほんのりした甘さは、薫のセンスに大きな影響を与えている。デザインの原点はなんですかと問われれば、「学生時代に読んだ南米文学です」と即答できる。しかし、最近はもっぱら時間のかからない映画や写真集からイメージを広げることが多い。

健祐が製薬会社チームの話を持ち出す。薫のセンスが社内でどう評価されているのか、という内情にはデザイナーとしての興味もあって会話は弾んだ。どうやら薫のデザインは女性社員にすこぶる評価が高く、このたび選んだパターンも上層部と押し問答を続けて三点を集約したらしい。最も人気のある一点はどれかを訊くと、三点とはまったく違う妖艶なデザインパターンを健祐が口にした。パッケージデザインの選定とは、そんなものだ。

デザインワークスについて話していると、あっという間に目当ての映画館に着いた。ファッションブランドの事務所と隠れ家カフェが密集している静かなエリアだ。アート系に特化した個性派の映画館は席が少なく癖のある映画ばかり流している。隣に併設しているカフェのガトーショコラがとろけるほど美味しいことは薫もよく知っていたが、健祐と食べる気になれず真っ直ぐ入館する。

上映時間を確認して、さっさとシアターのドアを開けた。まだ誰も来ていないから席は選び放題だ。隣をしっかり陣取る健祐へ、薫は言っておいた。

「つまんなかったら、出てっていいから」

芸術関係にまったく疎い人間は、眠くなるだけの空間だ。

「出ないよ。薫が観たかった映画なら、俺も観たい」

やさしい表情で健祐が答えるのを見た薫は、スクリーンに顔を向けて背筋を伸ばした。

薫の好きなものを真摯《しんし》に理解しようとする姿勢は、昔から変わらない。

こういう部分が、健祐のおそろしいところなのだ。ここまで献身的な男は今もって健祐しか知らず、だからこそ薫は思った。ほだされてはいけない。

彼は応えたとおり、一時間四〇分もの静かなアートの世界に居眠りせず耐えていた。先にリサーチしていたとおり、色が豊かで会話の少ない仏映画だった。色づかいも構成も、カメラのアングルにも大満足だ。先刻のアクション映画と比べものにならないほど心に残る。上映が終了する前に、もう一度一人で来ようと薫は決めた。

外に出ると、薄暗がりに電灯が瞬いていた。一九時をわずかに過ぎている。

「薫。お腹すいてないか」

健祐の何気ない問いかけに、薫は映画の余韻に浸りながら無意識に頷いていた。そして、いやいやそうじゃないだろう、と我に返る。薫のプランでは、本日はこれにて解散の予定だったのだ。

……でも、これで解散っていうのは、ちょっと違う気もするよなあ。お腹減ってるのは確かだし。

心の中で素直な感情を言葉にする。

仕方なくといった体《てい》で健祐と過ごしていた薫は、ここに来て考えを改めはじめていた。

……悔しいけど、やっぱり健祐といるのは楽だ。自分の行きたいところへ行っても、気をつかわなくていいし。

見たくない過去をほじくり返されるのは嫌だが、それさえしてこなければ、健祐は薫にとってどこまでもやさしい人間なのだ。

……もう少し、付き合ってもいいか。

でも、まだ二人きりで食事をする勇気はない。

「薫？」

少し心配そうな声が聞こえる。薫は素早く自身にとって一番良いと思われる方法を見出した。二人きりにならず、今の薫の環境を理解させて、そして楽しく食事ができる場所。

……あそこしか、思い浮かばない。

一棋の親戚が経営しているアートカフェである。あそこのマスター、鏑木新ならなんとかしてくれる。

「良いカフェ知ってるから、そこに行きたいんだけど」

薫の肯定的な発言に、健祐はパッと笑顔になった。

「うん、いいよ。そこに行こう」

二人で来た道を戻って目的のカフェがある街へ向かう。地下鉄の階段を上がると空は真っ暗だ。繁華街の光も妙に遠い。

独特な雰囲気を醸し出す一帯を、薫は平然と歩いた。ノーマルな健祐でも、周辺の雰囲気が変わっていると気づくかもしれない。ここはマイノリティーが集まる町だ。薫は上京してからずっとお世話になっている。

そのはずれに、馴染みのアートカフェがあった。

芸術関係の書籍が豊富に読めるカフェ兼バーだ。ノーマルな男女も入れるオープンなところだが、経営者である鏑木新のスタンスを受け入れなければ居つけない。新自身がゲイであるせいか、アートカフェの奥にある一角、カウンター周辺だけはちょっとした男たちの出会いの場になっているのだ。アートと書籍に囲まれたお洒落《しゃれ》なテーブル席一帯はウェイターたちに任せて、奥まったカウンターだけは新が徹底管理している。

薫はそんなアートカフェに専門学校時代から通っていた。新は弾丸トークが得意な曲者《くせもの》だが、個展を開かせてくれたり仕事のコネクションづくりに一役買ってくれたり、世話を焼くことが大好きな男だ。飽き性でいろいろなバーを転々としていた薫も、新のカフェだけは飽きなかった。アート関係の蔵書が多いことも良い。

古いビルの二階に上がり、ウッド調のドアを開ける。

室内は開放的で明るく、さまざまなテーブルとソファーやチェアが賑やかに鎮座している。周囲の壁とカウンターの仕切り代わりにそびえる観葉植物と本棚。知的でお洒落な空間は健祐の興味を引いたらしい。眺めながら後をついてくる。

薫はウェイターに軽く手を上げて、カウンター席を目指した。五席のカウンターはこのアートカフェで最も敷居の高い場所だ。

カウンターでなにか作業している柄シャツの男が、薫を見つけるとキラキラした笑顔を見せた。手に握っているアイスピックのせいで、画像処理すれば見事な殺人鬼に仕上がる風貌だ。

「あらあ、薫ちゃんじゃない。なんかちょっと久しぶりじゃないの！」

「シンさんは相変わらず物騒ですね」

「なによ、大きな氷を砕いてただけじゃない！　って、薫ちゃん年明けぶりくらいじゃないの、ここ来るの」

いそいそと氷を片付けながら、新は席に座る薫へ声をかけた。彼は隣にいる健祐より一回り大きい男だが、中身は女子だ。薫はその見てくれと中身のギャップがおかしくてけっこう彼が好きである。ただ、恋愛対象にするような相手ではない。

新のしゃべり方で、健祐もここがどういうところを兼ねているかわかってくれるだろう、と薫は思った。

「そんなに来てなかった？」

「ええ、こないだのあなた、紺のかわいいダッフルコート着てたもの。で、隣のイケメンは誰？　新しいカ」

「幼なじみだよ」

カレシと言うに違いないフレーズを、薫はバッサリかき消した。

大きな両手でおしぼりを渡してくる新は、驚いた顔をして薫と健祐を交互に見比べた。

「えっ！　お、お、」

薫は、もう一度言いなおした。

「お、さ、な、な、じ、み、です、シンさん。健祐、ほら、」

「新開健祐です。薫の言うとおり、幼なじみです」

「で、ノーマルです。メニュー。マスター、メニューって聞こえてる？」

「聞こえてるわよ！　あんたはいっつも、かわいい顔してんのに、とんだじゃじゃ馬でかわいくない、ハイ、お品書き。健祐くんっていうんだ。わたしはここのマスターのシンさんです」

ニコニコと愛嬌を振りまく新に健祐は動じなかった。むしろ愛想良く状況を受け入れている。そのあたりは信じていたが、合格だ。

薫は新に健祐のことを半分任せるつもりだった。二人きりで食事をすると、地元にいた頃の話が出てくるに違いないが、トーク魔の新がおしゃべりに加わってくれれば終始どうでもいい世間話だ。カフェも今のところそこまで忙しそうには見えない。

挨拶が終わって、メニュー表を見せるついでに健祐に教えておいた。

「このひと、一棋さんのハトコなんだよ」

「え、春里さんのご親戚なんですか？」

メニュー表を受け取りながら、健祐が新に尋ねる。

「あら、一棋ともお知り合い？　それはそれは。一棋は元気してるの？　最近全然顔出してくれないんだけど。そういえば、健祐くん知ってる？　一棋の父親って、有名な棋士さんなのよ。長子で生まれたあの子を棋士にしようって名前を一棋ってつけたのに、全然将棋の世界に見向きもしないで」

「シンさん、おれビール」

「人の話の腰を折らないでよ」

新はそう言いながら、生ビールを注ぐ準備をはじめる。放っておいても新と健祐が勝手に会話していてくれそうな様子だ。それに安堵《あんど》して、明るく声をかける。

「健祐は？　決まった？」

「うん、俺も薫と同じので」

「だってさ、シンさん」

「はーい。ほかには？　お夕飯もまだでしょ？」

そう言われて、薫は頷いた。ひとつのメニュー表を二人で覗き込めば、もう一枚マスターから渡された。今月の特別メニューだ。薫はここで一番人気のあるメニューを健祐に教え、その中から三品を頼んだ。

「薫はこういうのも好きじゃなかった？」

健祐がパンプキンサラダとエビのフリットを指差す。さすがよく覚えているな、と思いながら、薫は口端を上げた。

「うん。好き」

「じゃあ、これも頼もう」

嬉しそうに健祐が言う。食べ物をオーダーして、置かれたビールで乾杯する。さすがに健祐もお腹がすいていたのか小皿のミックスナッツをつまみだした。大きい健祐がナッツを口に運ぶ姿は小動物のように思えて可笑《おか》しい。薫も少し食べたくなって、小皿のそばに手の平を出せば、察した健祐が数粒選んで載せてくれた。

「なんか、確かに幼なじみって感じね」

ものの五分くらいの情景を見て、新がつぶやく。

「どこらへんが？」

「醸し出してる感じ。学生時代から薫ちゃんはそんな感じだったのねって雰囲気も透けてるわよ」

「それ、どんな感じなんだよ?」

「どうって言われてもねえ。健祐くん、幼なじみってことは、ちいちゃいときの薫ちゃん知ってるのよね?」

「はい、小四からですけど」

「どんなだったの?」

「すごくかわいかったです」

「やっぱりかわいかったんだ」

「はい。もう、びっくりするくらい、かわいかったですよ」

……子どもの頃から、おれのことをそう思って見てたのか。

それには少し驚いたが、確かに幼いときはどこへ行っても女性たちに「かわいい」ともてはやされていた薫だ。健祐の言い分も間違っていない。

「でも、性格はかわいくないだろ。っていうか、おれの話はもういいから」

「よくないわよ。はい、パンプキンサラダ先ね。確かに薫ちゃんは目上を敬わないかわいくないところもあるわよね」

客にたいしてフォローもなにもない発言に薫は目を細める。高校時代の話に流れるのを恐れ、話題を変えるべく薫が止めにかかろうと口を開けば、健祐が先に割って入った。

「そうですか？　薫はおばあちゃんに育てられてるから、作法もきれいで大人に良いお手本だって言われてましたけど」

「あ、そう。まあ、確かに箸の持ち方も食べ方もきれいだわねえ。って、あなたおばあちゃんっ子だったの？」

　女手ひとつで育てられた話は新にしていた。が、祖母が母代わりになっていたことまでは教えていなかった。薫は素直に頷く。

「うん。母親は仕事でまったくいなかったし。生まれてからずっと祖母がおれの養育係」

「それで、薫は家でいつも絵描いてたんだよな。薫と出逢う前から、俺は薫のお母さんから薫の描いた絵、何度も見せてもらってたんだ」

「え？」

　健祐の補足説明は、はじめて知る内容だった。驚いて彼を見た。

「お母さん、おれの絵、持っていってたの？」

「そうだよ？　玲子先生、仮眠室に行くときはかならず薫のスケッチブック持っていくって知らなかった？」

「知らない。そんな話、はじめて聞いたんだけど」

「玲子先生、秘密にしてたのかな。今度、訊いてみたら？」

　健祐から意外な話を教えてもらって、薫は母・玲子のことを思い出す。バイタリティーのある彼女は、現在海外で医療活動に専念している。もしかしたら赴任先に薫のスケッチブックを持っていっているのかもしれない。

「訊く。あとでメールしとく」

……知らなかった。でも、すごくいい話じゃん。聞けてよかった。

長いこと疎遠な母親のさりげない愛情深さに感動していると、マスターの声が入った。

「で、薫ちゃんのママって、なにされていらっしゃるの？」

新の声で我に返る。今さっき彼が言っていたとおり、健祐となんのわだかまりもなく幼なじみトークをしていたことに薫はひっそり驚いた。こんな状況で母親のことを思い出すというのも、なんだか異様だ。健祐は隣で新たに向きなおる。

「俺が言っていいのかな？　あの、薫のお母さんは外科医なんです。素晴らしい方で、ずっと救急医療に携わってて」

「え！　女医なのッ！　カッコイイじゃない！」

新の目が見開いた。そういえば母親の職業について話していなかったかもしれない。そのまま二人が新開病院や薫との出逢いについて話しはじめたので、食べ物をつまみながら大人しく聞いていた。健祐が出逢う前からいっぱい薫のことを聞かされていたという話は、薫自身も興味を持った。岸和玲子先生の一人息子は絵がうまくて大人しくてかわいいと、病院の皆に知れ渡っていたらしい。確かに新開病院をはじめて訪れた日は、やたら大人たちに囲まれていた記憶が残っている。

……おれの知らない話も、まだけっこうあるんだなあ。

幼い頃の話は、捨てたはずの地元の印象を良くした。

中学時代の話を聞いていた新は、混んできた店内を察して名残惜しそうに離れていく。二人のおかげですっかり過去への抵抗感が薄まった薫は、幼い記憶を健祐と一緒になって引き出した。

海まで遠出したこと、誤って田んぼに落ちたことやバスケットボール部にいたときのこと。話していると楽しくなってくるし、健祐との間に健全な時代もあったのだという心地良いノスタルジーに包まれる。アルコールがほどよく回りだしたのも相まって、次第に薫は健祐の良い部分を肯定的に受け止めはじめた。

……昔から、健祐は本当に良いヤツなんだよな。おれにあわせてくれるし、わかってくれるし。こんなふうに健祐と付き合えるのなら、すごくいいんだけど。

幼い頃の記憶を共有している相手は、大人になってからとても貴重だ。今まで健祐と接するたびに感じていた、妙な後ろめたさと不安も鳴りを潜めている。友人として付き合うなら、最高の相手だ。

……健祐は変わらないな。今もおれの知ってる健祐って感じで。けど、ちゃんと大人になってる。

懐かしい気持ちで隣にいる男を見なおす。健祐は良い意味で一〇年経ってもすれていない。それを象徴している部分に、薫はなんとなく触れた。

「さっきから思ってたんだけど、おまえ昔から服のセンス変わってないな」

言いながら、彼の袖を引っ張る。思ったとおり質感の良いシャツだ。

健祐は薫のさりげない行動に少し驚いた顔をした。

「よくないかな。おかしい？」

デザイナーに言われて気になったのだろう。しかし、悪い意味で言ったわけではない。

「おかしくないよ。今のほうが歳相応って感じでいい」

軽く酔った頭で薫は素直な感想を伝える。昔は一緒にいると健祐のほうが年上に見られていたが、今はちょうどいい。

……健祐は骨格がいいんだろうな。筋肉あるし。筋肉つきやすい体質なんだろうなあ。男はセンスも大事だが、やはりなにも身につけていないときの肉体が一番だ。その点、健祐は最初から合格ラインだ、と、薫が結論づける。そばで彼の声がした。

「薫は、昔よりも明るい印象になったよ。センスがさらによくなったというか」

健祐が褒め合わせるように言う。薫は上目遣いで彼を見た。

「そういうの、垢抜けたって言うんだよ」

「それだ。……でも、ちょっといいか？」

健祐の手が上がる。薫が避ける間もなく、彼の指がくちびるのそばに触れた。なにかを拭うような感覚はすぐに離れる。

人差し指には、話しながら食べていたフリットのソースがついていた。

「こういうところは変わらないな」

嬉しそうに言った健祐は、当たり前のようにそれを舐める。

薫は驚いたまま、彼の仕草を受け止めた。健祐自身も、薫の瞳を見て自分のしたことに気づいたようだ。うっかり舐めてしまった、という顔をしている。無意識の行為だったのだろう。

そんな健祐に嫌な感じは受けなかった。むしろ学生時代にたくさん味わった、穏やかで甘い雰囲気をリアルに思い出した。

友達とは決して言えない行為もたくさんしてきた過去。ふいに色気のある記憶を思い出してしまった薫は、居《い》た堪《たま》れなくなってチェアを下りた。唐突な行動を見た健祐が呼びかける。

「薫、」

ごめん、と続きそうな響きだった。慌てて彼の顔を見た。

「健祐、ちょっとトイレ行ってくる。すぐ戻るから」

健祐が表情を和らげて頷く。カウンターを離れた薫は、トイレに向かい空いていた個室に入ってドアを閉めた。

「ここで余計なこと思い出すなよ、自分」

何度念じたかわからない一言を吐く。

……おれが意識したら、良い友人関係もなにもなくなるだろ。健祐を意識したら、ダメだ。あれはもう忘れるんだ。

自分自身にきつく言い聞かせる。

正直、健祐といるのは楽しいと思える。小中時代の素朴で幸せだった思い出は、郷愁とともに親しんだ色彩をよみがえらせてくれる。追いかけた虫の色、校庭の花壇、廊下の彩度、夏祭り、カラフルな駄菓子、一緒につくった雪だるま。懐かしい景色を共有できる唯一の相手。

……今のところ嫌な気分にならないし、健祐との関係はおれ次第でどうにでもなる。おれさえうまく振る舞えば、健祐はすごく良い友人になれるはずなんだ。

しかも、健祐はやさしいだけではなく、自分を裏切ることはないという絶対的な信頼感がある。薫にとって健祐はやはり貴重な存在なのだ。

新しく芽生えてきた『健祐と前向きで健全な関係をつくろう』という意識は、酔いが回っているおかげもあって、強く薫の心に作用した。

新たな目標を見つけて気を取り直した薫は、手を洗って明るい店内へ舞い戻る。

カウンターを見ると、新が向かいにいる健祐と談笑していた。客の出入りも落ち着いたようだ。

「薫ちゃんが戻ってきたわよ」

新の声を聞きながらチェアに座る。卓上には置き去りのコースター。健祐の表情は、窺っているように見える。

良い関係へつなげるための一歩を模索しながら、薫は隣のグラスを見た。トイレに行くまでにはなかった飲み物がある。

「健祐、それなに？」

彼は、妙にホッとした顔つきになって答える。

「カンパリオレンジだけど」

わずかに視線をずらすと、健祐の取り皿に飾られていたスライスオレンジがあった。

「オレンジ割りかあ」

ひょいと彼のグラスを取った。アルコールが回ると喉が渇くし、トイレにも行ったせいか余計に水分が恋しい。

カンパリの味を思い出すべく、一口飲む。ジュースの甘さがデザート感覚でちょうどいい。

「これ、いいな。なんか甘いの飲みたくなった」

思ったことをそのまま口にすると、新が奔放な薫の悪癖をとがめた。

「あんた、自分でオーダーなさいよ。酔いだすとすぐ人の飲みもん取ったり無理やり交換したりするんだから」

指摘された薫は、口をとがらせて健祐のコースターにカンパリオレンジを戻した。確かに、人のものが美味しそうに見えるフィルターがかかっている。酔っているのは間違いない。

苦笑する健祐の指が動くオレンジ色のグラスは、薫のコースターの上にそっと置かれた。

「薫、飲んでいいよ。同じもの追加でお願いします」

気づかい上手な男は好きだ。言葉に甘えて、もう一度グラスに口をつけた。

「あんたって子は、いっつもそうやって、」

「昔からこんな感じだったんでいいんです」

呆れ顔の新にフォローする健祐の横で、薫はうんうんと頷いた。小学生のときから本当にこんな感じだったのだ。今の感じ、健祐と友達っぽいではないか。

「でも、皆さんにたいしてもこんな感じなんですか？」

健祐は続けて含みのある質問をする。それに、新は手を止めた。すぐひらめいたように大きく首を縦に振る。

「ええ、でも、今この子フリーよ。悪い虫ついてないから大丈夫」

新はあっけらかんと薫の現状を暴露した。ハッとした薫は目を泳がせた。健祐にはカレシがいる設定でいたことを今更思い出したのだ。

一方、健祐はそれを聞いて、すっかり安堵した表情を見せた。

「そうなんですか。よかった」

……なんだよ。よかった、って。

聞こえてきた彼の感想に背中がムズムズしてくる。今の気持ちを言葉にできず、代わりに健祐の脇を指でつついた。彼も反応して、同じことを返してくる。

「なっ、健祐、くすぐったっ」

「薫だろ、最初にしたの」

「っ、バカ！　そこ弱いんだって！」

「知ってるよ、薫の弱いとこくらい」

幼い頃から散々していたじゃれあいは、いくつになっても昔のままだ。

「あんたたちって、まったくこんな調子で高校も一緒だったんでしょ？」

子どもたちを見つめるような微笑ましい表情で、新が一時中断していた話を振ってくる。

薫はカウンターに向きなおって頷いた。

「まあ、うん。そういえば高校受験、大変だったよなあ。第一志望が超のつく進学校でさ。健祐は頭が良いから毎日勉強教えてくれて。おれが社会嫌いで、塾だけじゃ補えなかったから」

「社会だけ、どうしても判定が上がらないから俺のほうがあせったんだよ」

「おれはチャリ通できればどこでもよかったんだけど」

「俺が絶対に嫌だったんだ」

「うんうん、そんな感じよね」

健祐の気持ちがわかると言わんばかりの新の相づちに、薫は首を傾げる。

「どんな感じ？」

「そりゃあ、彼を見ていればわかるわよ。それで、受かったの？」

「受かったよ。おれより健祐が喜んでたっけ？　おれは家から一番近い高校行ける、ワーイ、ぐらい」

「男子校は嫌がってたけど。むさ苦しいって」

健祐が当時を思い出したのか、目を細めながら補足した。

「んー、でも、近さには勝てないじゃん」

「って、花の男子校が嫌だったの？　わたしなら、男子校の時点でワーイ、よ」

「今はだろ？　まだ高校生になったばっかで、それはないよ」

そこまで答えて、薫は「アレ？」と思った。高校になる前は確実に女性のほうに興味があった。中学生くらいから、健祐の部屋に閉じこもってアダルト雑誌やＡＶを見ていたのだ。全部ノーマルなものだった。

「それで、つかぬことをお聞きするんだけど。健祐くんって、いつだったの？」

新は神妙な顔で薫を見つめ、隣の男に問いかける。ほどなく質問の意味を理解したようで、彼は少し照れた様子で答えた。

「六月頃だったと思います。高一の、」

童貞喪失の話か、男だらけの世間話らしいなあ、と、肘をつきながら聞いていた薫だが、次のマスターの言葉には息を止めた。

「じゃあ、はじめては薫ちゃんとなのね」

自分の名前に慌てて健祐を見た。てらいなく笑顔で頷いている。

「ちょっと、待て、」

「はい、俺が薫の最初の男です」

その台詞で、酔いが完全に吹っ飛んだ。

「健祐！　バカ！　なにバラしてんだよッ」

目をひん剝いて声を荒らげる薫に、新がちゃんちゃらおかしいという顔をする。

「バラすもナニもそういうとこじゃない、ここのカウンター。それにあんたが高一で初エッチしたのくらい、こっちはとっくに知ってんのよ。相手までは教えてくれなかったけど、今までの話を聞いて、こりゃあ薫ちゃんのお初の相手、健祐くんなんだろうなって」

自分用のウィスキーグラスに口をつけて、探偵ごっこを終えたような表情で語る。血流を一気に下げた薫は両手で顔を覆った。

完全に油断していた。酒を飲んでふわふわしている場合ではなかった。新は会話をしていたどの時点で気づいてしまったのだろう。はじめは彼も、健祐はノーマルな幼なじみだと信じていたはずなのだ。しかし、自分たちの様子を見て、ゲイの直感でも働いたのか。

……そういえば、一棋さんにも早々と見破られてたじゃん！

年長者の察しの良さというより、自分と健祐の空気間に問題があると悟った薫は余計混乱した。

「あー、ほんとスッキリした。でもよかったわ、かわいい薫ちゃんの一発目がヘンな馬の骨じゃなくて」

「そんなことさせませんよ」

薫をよそに、二人が朗らかに話を続けている。特に健祐は、自分の発言に微塵《みじん》も疑問を感じていない。

……健祐のバカッ！　バカバカバカ！

場を諌めるように、バンッとカウンターを叩いた。

「終わり！　以上！　健祐！　時間！　もう帰って！　終電！」

本当は健祐の終電が何時か知らないのだが、思いついた言葉を羅列する。健祐は薫のでたらめな言葉に従ってくれた。チェアから下りて、財布を取り出す。

「今日、すごく楽しかった。薫、ありがとう」

柔和な笑みで置かれた彼の一万円札に、動揺していた薫も理性を取り戻した。

「待って健祐、ここは割り勘、」

「いいよ。俺が出したいから。あ、あと、薫、」

健祐が手にした上着をチェアの上に重ねる。

「帰り、寒いだろうから、これ置いておくよ」

薫だけに向ける眼差しでやさしく微笑した彼は、それ以上なにも求めず背を向けた。

「健祐くん、また来てね！」

新の言葉に振り向いて会釈する。呆然と健祐を視線だけで見送った薫は、マスターの明るい調子にイラだちを覚えた。

健祐と良い友人になれるかも、という期待は完全に崩れてしまった。再会してからこれまで健祐は一度もセクシャルな発言をしてこなかった。それを鑑《かんが》みて、健全な関係を築く希望を見出したのに……薫とのセックスを忘れていなかったどころか、「俺が薫の最初の男」と公言して新すら牽制したのだ。小中時代の性愛がない二人に戻りたくても、健祐に同じ気持ちは望めないだろう。お互いの肉体を深く知りすぎてしまっているのだ。

健祐とどう接すればいいのか、これでまたわからなくなってしまった。振り出しに戻した元凶の男を、胡乱《うろん》な瞳でにらみつける。

「ヤダ、そんな顔しないでよ。止めなかったのは薫ちゃんでしょ」

「どこらへんで気づいたんだよ？」

地を這うような薫の声に、新が呆れたように笑った。

「わたしが何十年この業界にいると思ってんの。最初、彼はノーマルだって薫ちゃんがはっきり言うから、そうなのかなって思ってセクシャルなことは避けて話していたんだけど、こりゃ違うわって、彼の目を見りゃわかるもんよ。確信したのは中一のプールのこと。あなたが溺れかけて健祐くんが助けた話、性的じゃない」

「そこは、さすがに気のせいだろ。中一だって」

「でも、着替える前も着替えてからも、薫ちゃんの身体ずっと触ってたんじゃないの」

「休憩中だけだよ。子どもの頃のスキンシップなら普通だろ」

「毎回授業のあと薫ちゃんを抱きしめに来て、心臓の音を確認するとか異常よ。しかもずっと離れなかったんでしょ」

「チャイムが鳴ると離れてました」

「ふーん。じゃ、鳴らないままだったら？」

薫は考えたくなかった。小中時代くらいは、健全な関係だったと信じたいのだ。それに、健祐のスキンシップは出逢ったときからはじまっていた。抱きつくくらいは問題じゃない。鎖骨や首筋を舐めるようになってからは、確かに今思うとやりすぎ感はあるが……。

「いい。この話は終わり！　なんか酒、一番強いやつ！」

これ以上考えたくもなかった。新に健祐との関係が知られても、彼自身がゲイだから問題はない。でも、過去の記憶をこれ以上掘り起こすのは無理だ。

　横暴に酒を求める薫へ、新が口をとがらせた。

「えー」

「それ、シンさんのおごりだからな！」

　いっそ全部新が悪い、とワガママも発動させる。

「ふん。いいわよ。こんなに無邪気に表情を変える薫ちゃん見たのもお初だし」

　新はカウンター内から出て薫の前にグラスを置くと、健祐の残した上着を掴む。

「それに、ウブだった薫ちゃんを開発した男、知っちゃったし」

　耳元でささやかれた声に、薫は耐え切れず顔を覆って突っ伏した。そんな年下の常連客をからかうように、新が男の上着を薫の背にそっとかける。

　健祐のにおいで後ろから抱きしめられているような錯覚をおぼえた薫は、大きな胸の高鳴りと渦を巻きはじめる感情に飲まれ、そのまましばらく動けなくなった。

■

乳首が性感帯だと教えてくれたのは健祐だ。

「……ッん、……あッ、は……ッ」

背中に何度もくちづける幼なじみの指が、柔らかい胸の突起をこする。甘い痺れに体重の置き場が不安定な薫は、目を閉じ眉を寄せてビクビクとふるえた。

執拗《しつよう》に愛撫された皮膚が火照《ほて》っている。健祐の手に支えられながら腰を揺すると、密度のある男の熱が薫の内部をぐいぐい進んでいく。目を閉じていても生々しく感じる健祐の一部だ。

挿入は直接的な快感を引き出す。薫は受け入れることが上手になった。一年以上、二人きりの時間の多くをこうした行為にあてているのだ。健祐のかたちも覚えて、自分から腰を下ろして埋められるようにもなった。

ベッドに座る彼へ背を預け、太い熱をぴっちりおさめる。

「う、ん……ッ、ぅんっ」

どうにか無理な体勢を落ち着かせ、吐息をこぼした。俯いたまま目を開ける勇気を持てずにいると、健祐の指がまた乳頭を潰しはじめる。上半身から下へ貫く快感に、肌をビクッとわななかせる。

「薫。目、開けてる？」

健祐の声に、薫は首を横に振った。

「見てみたいって言ったの、薫だよ」

「っ、言って、ない！」

隣にある兄の部屋から姿見を自室へ持ってきているとは思わなかった。健祐の兄はとうに家を出ている。薫がいない間に、親から了承を得て鏡を移動させたらしい。

「言ったよ。つながってるとこが、どんなふうになってんのか、見てみたいって」

そう言いながら、健祐は結合部分へ刺激を与えるような動きをした。これだけでは、もどかしい。もっと動いて気持ちよくなりたいという想いが増す。

だが、薫が強情を張って目をつむっているかぎり、この状況から先に進むことはない。

薫は意を決して、薄目を開いた。外はまだ明るく、休日の午後らしい静けさに包まれている。鏡の前には、男に貫かれているあられもない裸の自分の姿があった。

深い快楽が薫の中にはまりこんでいる。局部は生々しく濡れて勃ちあがったままだ。薫は鏡の中の自分と目を合わせる。ほんのり紅潮して頬を緩ませている。感じている自分の表情から、我に返って赤面する。

「……も、いい、から、」

早く動いてほしい。鏡の先で、わずかに見える健祐の目に訴えた。

体勢を勝手に変えようとする薫を、健祐は両手で制した。片方の手が性器を撫でる。快楽を導く指に薫はできるだけ目を逸らして耐えた。いつもより深く重い熱が身体の内を這

い回りはじめる。

見たくないと羞恥する自分と、好奇心旺盛で貪欲な自分。

「薫、もっとよく、ちゃんと見て」

結合部分に触れた健祐の言葉は、薫の好奇心を刺激した。畳目を頑なに見つめていた薫は、そのささやきに促されてゆっくり瞳を動かす。少し離れた位置にある鏡だが、ぎっちりと健祐を埋め込む薫の秘部がよりあらわになっていた。身体は羞恥と不思議な痺れに我慢できなくなる。

健祐の手がまた動きだした。弄ばれる乳首を見て、薫は困ったようにきつく噤んでいた口元から甘い息をもらした。

「ん、……ッん、……ぅ、あ」

健祐に愛撫される自分自身が鏡に映る。視覚の効果か、いつもより彼の手と熱が淫らに感じられる。

背面座位がしたいと言いだしたのは、薫ではなく健祐のほうだ。言いだすきっかけとなったDVDも見せられて最初は渋っていた薫だったが、開けっぴろげにまぐわう内容から、体位よりも交接の部分に興味がわいた。健祐と身体をつなげるようになって、自分の受け入れる部分がどうなっているのか一度も見たことがない。薫の好奇心を健祐はうまく誘導した。挿入部分が見やすいのはこの体位なんだよ、と言って、鏡を準備したのだ。

「薫、しまってる」

感じていることを指摘され、薫は照れたように健祐の膝を摑んだ。

「いわな、ッあ、ん、……んっ、動け、って！」

愛撫だけではもどかしい。今の状態で腰を上下に揺らしても物足りない。健祐にちゃんと突いてもらったほうが気持ち良いと知っている。鏡に健祐の目が映っていることを確認した薫は、開いていた手で彼の腕をなぞった。下る先に自分の性器がある。かわいがるようにゆるゆるとさする手を包み、指の間でふるえる自身の性器に触れた。

……もっと、強く感じてイキたいよ。

「けんすけ、ね、もっと、」

快楽を求める表情を見せる。高校生になってから、こんな痴態とこんな甘えるような仕草と表情ができるようになったのだと、鏡がありのままに教えてくれる。薫にとってそれは大きな発見だった。同時に、健祐の顔も見たいと思うようになった。

「ん。膝、ちょっといい？」

薫のお願いに、健祐がようやく動いた。一度抜いて彼に促されるままベッドを降り、畳に膝をつく。薫は健祐の顔が見たくて肘を曲げなかった。胸の鼓動を感じながら、鏡に顔を向けて四つんばいのまま挿入される。その間、健祐と目が合っていた。彼とひとつになったような多幸感が生まれる。

「んっ、あ、……ふ、」

「薫、気持ちいい？」

「ぁ、あ、……っうん、気持ち、い」

「ん、俺も、」

そう答えた健祐がゆっくり身体を動かしはじめた。先ほどの体位よりも深く健祐の熱が入り込む。そのペースが速くなり、鏡で行為を見ている場合ではなくなった。肘で支えきれず崩れると、健祐の両手は薫の腰を高く持ち上げる。密着して突かれる深さがたまらず、薫は喘ぎながら、落ちていたバスタオルに顔を押しつけた。

薫はすでに挿入されるだけで強い快感を得られるようになっていた。敏感になった身体は、健祐に愛撫されると簡単にとろけてしまう。そして、ジンジンするくらい出し入れされて中に注がれると、自分の中にあるなにかが吹っ飛ぶのだ。薫はその感覚が少しこわくて、その一〇倍やみつきになった。快楽に陶然となる身体を、健祐に強く抱きしめてもらって、やさしく後処理してもらう。それも心地良くていい。

「っん、ふ、っ、ん、……っ、あ、んっ」

タオルをきつく握りしめて、皮膚が溶け落ちるようなゾクゾクする感覚に薄目を開く。光の屈折で賽《さい》の目《め》模様に映える市松畳。背中を何度もひりつかせた畳に、薫は両膝を立てて健祐の律動を受け止める。射精感から一気に締めつけると、健祐はここぞとばかりに腰を掴んで押し込んだ。

「い、……ア、ッく、……ッ！　ンッ！」

跳ね飛んだ欲望から、身体はまだ醒《さ》めない。射精とは違うもうひとつの快楽を求め、薫はねだるように腰を揺すった。その仕草から、健祐が自分のために動き出していく。

健祐が自分の身体を使って気持ち良くなる。それは最近の薫にとって最も高揚する感覚だ。健祐から白い熱が出される感覚もたまらない。

「あ、っあ、っあ、ッん、あっ、あっ……あッ、ッ！」

強く押されて注がれる電流のような快感に、薫は肉が抜かれると小さくふるえながら畳に崩れた。双方の体液が肌を滑るのをそのままに、荒い息を繰り返す。すぐに、健祐の強い腕が引き上げてくれた。

触れる肌にドキドキしながら、抱きしめてくる腕に手を重ねる。なだめるように頬へくちづけられる。薫が再び目を開けると、全裸の健祐を椅子にしてもたれている裸の自分の姿があった。

鏡に映る姿はやっぱり恥ずかしい。行為中は慣れても、快楽が一段落すると照れが生まれる。我慢して後処理まで見てから、甘えるような声を出した。

「健祐、手どかしてよ」

少しだるい身体をゆっくり動かして健祐と向き合った薫は、鏡が見えなくなったことに安堵した。やさしい健祐の瞳に自分が映る。鏡を見るよりも、彼の瞳に映る自分を見ていたほうがいい。

首筋を撫でる健祐が、物足りなさそうなくちびるで薫の頬に触れる。近所で飼われている大型犬にされるような触れ心地でくちづけられ、たまらず笑顔になった。

健祐の体格は、薫にとって理想だった。高校生になって、健祐の手の大きさも肩幅も脚も胴も自分にとって理想のかたちなのだ、と気づいた。「健祐みたいな体格になりたい」と言ってみたことがある。彼は笑って、「やめてくれよ。俺は薫くらいがいいよ」と答えて抱き寄せてくれた。

健祐のくちびるが、薫の下くちびるにあたる。舌でなぞられて、その感触に薫はまぶたを伏せた。薄く開けた口の中に健祐の舌が入り込む。

「……ッ、ん……ふ、」

舌と舌が互いをなぞる、このなんともいえない感覚が好きだ。熱心に絡み合ったくちびるの端から、唾液がこぼれる。落ち着いていたはずの熱が、もう一回したいよ、と疼《うず》きはじめる。

今日、新開家の大人たちは深夜まで帰ってこない。最近、新開病院が増築され新設科ができたせいか、皆とても忙しそうだ。健祐の母親も病院と自宅を頻繁に往復しているし、空いている日はフラワーアレンジメントを習いに行っている。病院を華やかに彩るためだ。

離れたくちびるを名残惜しく見つめると、健祐に頭を撫でられた。腰を抱かれ、男のにおいに満たされる。

「薫、昨日ちゃんと進路票提出したか？」

突然、現実へ引き戻すような台詞に、薫は回した腕をきつく絡ませて彼の肩口にもたれた。

「んー、出したよ、ギリギリで」

健祐に手伝ってもらって夏休みの課題を出した二学期はじめ、念押しするような進路調査の用紙が配られた。健祐は毎回もらったその日に、医学部のある大学を三つ書いて提出していた。一方、今回の薫は締切日の終礼時に進路を決めた。全部健祐と同じ進路先にしてしまったが、本当にそれでいいのだろうか、という気持ちもなんとなく出てきていて、提出を少し躊躇《ちゅうちょ》してしまったのだ。

「医学部って、書いたんだよな？」

「健祐もだろ」

「うん。俺は薫と一緒の医学部に行くって決めてるから。薫は白衣が似合うだろうな。絶対玲子先生も喜ぶと思うよ」

そう健祐に言われると、医者になるのも悪くないなと思える。母の玲子は本当に尊敬できる外科医だ。あそこまでプロに徹せないと思うが、母には憧れる。

「でも、勉強めんどくさいんだよなー」

「薫は化学も物理も、俺よりできるから大丈夫だよ。俺も手伝うから」

「そうだけど。ほかにもあるじゃん」

というか、もうこの話はいい。今日は休日で大人たちを気にすることはない。それに、二人は裸なのだ。

薫が話を逸らすように、健祐の脇やお腹をくすぐって遊びはじめる。健祐は薫の遊びに付き合ってくれる。快感を知る素肌は、くすぐる指にすぐ反応する。

子どものようにじゃれあった後、二人はもう一度入念にくちづけあった。くしゃくしゃのバスタオルを敷いて、薫はそこに寝かされる。位置を変えた薫の目の端に、自宅から持ってきたものが映る。

スケッチブックとハードカバーの本、何十本もの細かい配色で束ねられた色鉛筆のケース。先刻まで、薫は読み終えた話を頼りにひとつの絵を描いていた。崖と海と、花々に囲まれた美しい葬列。去年読んで一発でハマってしまった南米小説のワンシーンだ。

砂漠の埃《ほこり》。麝香《じゃこう》の匂い。寒村に咲くアストロメリア。小隊のワルツ。描く海の果てには太陽があった。南米の世界を想像しながら色鉛筆を動かしている途中で、健祐に後ろから抱きしめられた。

二年生へ進級した頃、この部屋のドアに内鍵がついた。二人は大人の影が少ない休日に、こうして何度も身体をつなげている。子どもの遊びの延長でもあり、互いの存在を確認する大切な行為でもある。

股を開くと、彼が間に入る。圧しかかってくる健祐の重みは薫を心地良くさせる。この運動のおかげで、二人でいると夜寝るのも早くなり、目覚めるのも早くなった。ときどき深夜にしたくなったときは、二人とも息を潜めて密着したまま腰を動かす。秘密の行為に薫も健祐も胸をときめかせてくちびるを重ねた。

どんなやり方でも薫は柔軟に対応して、どんな場所でも健祐は薫を大切に扱った。

「もう一回して、課題をしよう」

押し倒しておきながら生真面目な顔をして言う健祐に、薫は口をとがらせる。

「課題はヤダ」

そう答えて、手を下方に伸ばした。健祐の性器を触る。弾力のある雄のかたちを、薫は好んでしまっていた。

「薫、」

「今日はずっとしてようよ。おれ、健祐とずっとしてたい」

じっと見つめて言えば、健祐の心の奥に響くと知っていた。

そのとおり、健祐の表情が変わり、薫の乳首へ吸い寄せられるように舌を押しあてた。甘い痺れが敏感な身体をめぐる。薫は微笑むと、彼の熱を欲しがって脚を絡ませた。

■

……今日は本当に最悪だ。起きた瞬間から最悪だ。

薫はイラつきながら人をよけ、地下鉄の階段を上ると薄暗くなった地上に目を向けた。朝が早かったせいか、一日がやたら長く感じる。仕事で早起きしたわけでもないから、尚更イライラしている。今日の作業は諦めた。家に一人きりでいるのが耐えられなくなって、外へ飛び出したのだ。

見慣れた繁華街は、平日の夜らしく仕事帰りの社会人であふれている。太陽は消えたぶん、人工の明かりが昼間のようにあたりを活発化させていた。薫の心情にはそぐわないポジティヴな色彩だ。歩いても歩いても、気が晴れない。

……最悪なのは、とんでもない夢を見たせいだ。

今日見た夢では、裸の自分と健祐が抱き合っていた。それくらいなら驚かない。ただ、今回の夢には生々しい触感があった。においすら感じられた。内部へ埋め込まれる独特な質感には、うっとりするような快楽が絡みついていて、このかたちだ、と、自分は悦《よろこ》んでいた。健祐の性器のかたちを忘れていなかったことに感嘆した。

目を覚まして、薫は自分の見た夢の生々しさに驚いた。朝五時。心臓の鼓動は速く、横たわる身体に汗がにじんでいた。実質三時間くらいしか睡眠は取れていなかったが、二度寝をする場合ではなく飛び起きた。

自分の下半身が反応していたのだ。ショックのあまり呆然となった薫は、我に返るとバスルームに駆け込んでくすぶる熱を鎮火した。

それから、一四時間以上も無駄に過ごしている。仕事の納期は絶えず控えているのに、デザインのひとつも思い浮かばず、簡単な雑用ですらろくに進まない。昼前にはすべて投げ出して、当てもなくうろうろしていた。最低だ。繊細な作業を邪魔する男は、薫が最も嫌っているタイプである。

……健祐はダメだ。絶対にダメだ。

頭を強く揺すぶっても水で洗い流しても、今日よみがえった性的な感触ははがれない。肌に留まる甘い痺れが憎い。今、健祐に触れられたら感じてしまうだろう。一〇年のブランクは一体なんだったのか。この状況が耐えられない。

健祐と再会してから、薫は何度も不安定な気持ちにさせられた。彼と話しているときは心が凪《な》いでいても、一人になると異様な感情の波がやってくる。でも、五月になるまでは持ち前の割り切りの良さと後に引かない気質で、上手く対処できていた。

しかし、ゴールデンウィークにしたデートまがいの付き合いを経て、薫の心に決定的な変化が起きている。

精神的なダメージが身体にまで及ぶようになってしまったのだ。健祐との付き合いから帰宅した夜は、一番大きな感情の波に翻弄された。玄関のドアを閉めた直後、胃と胸の間がキリキリと軋《きし》む激しい痛みに襲われ、痛みが引くと今度は強烈な不安と罪悪感に苦しめられたのだ。次々と押し寄せる大波に心拍数が上がり、冷や汗が止まらなくなった薫は、ソファーでうずくまったまま怯えたウサギのようにじっと耐えた。心が圧迫されるような不快感は、身体の痛みよりもこわかった。

自分の中に、トラウマと呼べるほどの強大な負の感情が隠れている。

そう気づいた日から、感情のコントロールがすっかり利かなくなっている。ふとした拍子に不安になったり、後ろめたさを感じたり、自分がとても悪いことをしているような気分に陥ってしまう。そのくせ、夢では健祐に抱かれて悦ぶ自分を見せられる。今朝の勃起は最たるものだ。負の感情と悦楽の感触という対極の感覚に、薫は毎日振り回されていた。

お情けで健祐とデートまがいなことをしてしまったのは、近年最大の失敗だった。後悔という言葉が嫌いな薫も、毎日発作のような不安にかられるたび後悔している。健祐がいなければ、自分の抱えるトラウマに気づかずにいられたのだ。

その一方で、思い出せなくなっている過去を意識せずにはいられなかった。

トラウマになった出来事には、間違いなく健祐が絡んでいる。後腐れない性格の薫が一〇年経っても心を痛めているのだから、よっぽどの内容なのだろう。たとえば、ものすごく痛々しいプレイを強要されたのか。しかし過去を振り返ってみても、健祐は薫が嫌がることなど絶対にしなかった。ならば、医学部受験の勉強が死ぬほど大変だったのか。でも、そんな勉強の負荷くらいでトラウマにはならないだろう。

もっと直接的ななにかだと思う。ただ、その記憶には触れたくない。なんだかすごくこわい。無理に思い出そうとすると恐怖と罪悪感が押し寄せる。強烈な感情の根源は気になって仕方ないが、知るのは本当にこわいのだ。これはかりは、こわいとしか言いようがない。

もしかしたら、健祐は知っているのかもしれない。高校三年生の頃のことを訊けば答えてくれると思うが、薫に尋ねる勇気はなかった。確実に良くない思い出だから、忘れているのだ。そして、一〇年前の薫はそれが原因となって地元から逃げた。

とはいえ地元を離れた理由すら曖昧なのはおかしな話だ。自分のことなのに、肝心な記憶には靄《もや》がかかっている。

……健祐とはなにがあっても会わないほうがいい。

薫は本能的に彼と自分の過去を避けるようになっている。一種の自己防衛手段だ。

連休明けのデザイン提出のときは、どうしても健祐と顔を合わせなければならなかったが無視を決め込んだ。借りていた上着は一棋経由で返した。デートまがいのことをした後の健祐は誰が見ても上機嫌でニコニコしていた。差し入れられた高級洋菓子店の大きなアップルパイに事務所メンバーは大喜びだった。気づけば、薫以外の皆が健祐の存在を歓迎している。

一〇年かけてつくり上げてきた環境に、なんの違和感もなく入り込んでくる姿も、薫にとっては忌々しい。コミュニティーに健祐が入り込むほど、精神が不安定になって居心地も悪くなる。外出時は最寄り駅で健祐の姿がないか無意識に確認するようになってしまったし、事務所に行くときも健祐が来ないか確認してから行くようになった。先刻も、最寄り駅に張り込んでいないよう祈りながら家を出たのだ。そんな自分が情けなくて悔しい。

……健祐のせいで、こんな余計な感情がよみがえるんだ。

薫は明るい電飾で華やぐ道を過ぎた。世界有数の大都会で、偶然再会してしまっただけでも薫からすれば大きなミステイクだった。それ以前に、健祐が東京にいる時点でアウトだった。そんなこと知りたくもなかった。関係をもった男を追って上京してきたなんて、本当に顔向けができない。

考えれば考えるほど苦しい。健祐のことを拒絶しようと毎日努力しているのに果たせない。彼への情は失せるどころか反対に少しずつ満ちていて、たびたび混乱と自己嫌悪を誘発する。

薫は心の片隅で健祐に惹かれてやまない自分がいることに気づいていた。

……だから、健祐と会いたくなかったんだよ！

悔やんでも悔やみきれないことを一言に集約して、階段を上るとウッド調のドアを開けた。

カフェミュージックが響く店内で、脇目も振らずカウンター席を目指す。カウンターには、九年前に出会ったときから変わらないマスターの新がウェイターと話していた。席に座る前に、新が薫を見つける。

「あら、半月ぶりにいらっしゃい。お仕事は？」

「今日分は捨てた。もういい。とりあえずビール」

本日はじめて人に聞かせる声は、あからさまに機嫌が悪そうだ。新もすぐにそれを察したらしく、黙って注いだ生ビールを渡す。気分転換を図るために、一気に飲んで空にした。新にジョッキを渡すと、もう一度注いでくれる。

「すきっ腹でしょ。ちょっと、これつまみなさい」

そう言って、ついでに彼はパンプキンサラダを出してくれた。小鉢を見て、健祐と一緒に食べたことが頭によぎるものの、丸一日なにも食べていないことから箸を取って口をつける。食べ物が喉を通ると、薫は少し落ち着いた。どうやら悶々としすぎていたらしい。客が織り成すざわめきも耳に届いてきた。それなりに客が入っているようだ。

「薫ちゃん。ほかになにか食べる？」

新の問いかけに、薫は頷いた。パスタやピラフ、ドリアなどの料理を思い描いたが、そこまでしっかり食べる気になれなかった。

「シーフードドリアの米抜き」

「あんたそれ、グラタンっていうのよ。しかもうちのメニューにないんですよお客様」

「だから、ドリアの米抜きなんだよ。米抜くだけだから、無理じゃないじゃん」

「もう、わがままな子ね！　なんなのかしら！」

プリプリ怒りながらも、新は常連客の裏メニューに対応してくれる。その様子を見て、薫はホッとした。自分の居場所を確かめるように振り返り、アートカフェを眺める。ここは一棋が内装のデザインをした店だ。自分にはない爽やかなセンスに惹かれて通いはじめ、個展を開き、一棋と仲良くなって今の事務所に入社したのだ。

目に付いた本棚へ腰を浮かせて寄った。並べてある書籍の中に、何冊か見たことのない写真集があった。二点選んでカウンターに戻り、荒涼とした大地と海の表紙を開く。アイルランドの風景を撮りおろした写真集だ。一枚一枚眺めていると、新の声が降ってきた。

「あれから健祐くんと会った？」

訊きたくない名前にムッとする。首を横に振った。

「あら、そうなの。仕事は忙しいの？」

「まあまあ。微妙」

「どっちなのよ。まあいいけど」

機嫌の悪い薫の対処法をよく知る新は、話しかけられるまで放っておくことにしたようだ。

リクエストどおりにグラタンが出され、ほどよく冷めるまで写真集を眺める。カウンターから離れた新の声が背中越しに聞こえている。夕焼けの写真ばかりを集めた本を見終えて、薫はスプーンを手に取った。

外に出てきて正解だ。温かい食事は心を慰めてくれる。一人になりたいけれど、誰かと関わっていたい気分のときは新のアートカフェが一番だ。フリーで仕事をしていた頃は頻繁に訪れていた。

……そろそろ、前みたいに気持ちを外へ向けていくべきなんだろうな。

グラタンを食べながら、薫は思った。去年の今頃は付き合っている男がいた。夏にスペインへ行く予定が立っていて仕事にも精が出た。公私ともに満足できる日々を送っていたのだ。まさか翌年がこんな鬱積した毎日になっているなんて誰が予想しえただろう。

これ以上、仕事のためにプライベートを後回しにするのはよくない。製薬会社の案件以外にも依頼を抱えて忙しいが、無理をしてでもプライベートを充実させたほうがいいだろう。

……たとえば、新鮮な出逢いとか。

もしくは、楽しい遊び。とりあえず、男とセックスをすれば過去を思い出す必要もなくなるのではないだろうか。

グラタン皿を下げにきた新に、薫は普段の調子を取り戻して言った。

「シンさん、カレシになれそうなひとを探してんだけど」

「はあ？　なによ突然。酔ってんの？」

そう訊き返しながら空のジョッキも取り上げる新に、薫はくるりと瞳を向ける。

「あ、次はカルヴァドスのロック。で、カレシ欲しいんだけど」

オーダーを受けるより先に、新は目を見開いて顔を近づけた。

「はああ？　そんなの、けんす」

「カレシが欲しいの！　もう、この際、女でもいいから！」

健祐、という言葉を即座に封じる。過敏な反応に、新もなにかあると気づいたらしい。

「なに。なんなの、またなんかけんす」

「その名前はもういいんだよ！」

カマをかけられても、健祐という名前は聞きたくなかった。新はそれ以上繰り返すのをやめて、オーダーに従った。きれいな深い琥珀色のシングルグラスがコルクのコースターに載せられた。

「薫ちゃん。あんたなら喚かなくったって、すぐひっかけられるでしょ、オトコでもオンナでも。ただ、ここ数年オンナと絡んでるあんたは見てないから、大人しくオトコ一本にしなさい。余計もめるわよ」

自分の成長を九年見ている男に諭されて、むう、と頷く。

「それに、別にカレシに限定する必要もないじゃない」

彼の言葉を聞きながらくちびるで触れた林檎《りんご》の蒸留酒は、薫の気持ちをそっとほぐす。

「ん、……ああ、そっか。前付き合ってたヤツらに連絡すればいいんだ」

思い出したような薫の声に、新は呆れ混じりのため息をついた。

「なんなのよ、あんた」

そう言われても、薫は気にしない。取り出したスマートフォンに届いていた新着メールを確認し、返信しなければならないものだけ手早く送信すると電話帳を吟味した。健祐の名前が登録されていないのも気が楽だ。

「ちょっと、ちょっと」

いろいろ思い出しながらスクロールしていると、新に肩をツンツンと突付かれた。

「なに？」

口元に手をやる新の仕草から、内緒事を話したいのだと悟って片耳を向ける。

「そこのオトコ、あんたに気があるんじゃないの」

薫はチラと視線を変えた。知らない間に、カウンターの端で茶髪の男が酒を飲んでいる。見たことのない男だが、ここに座っているということはおそらくセクシャルが同じ仲間だ。横顔だけで判断しても、顔立ちは悪くない。体型は薫より少し大きめである。

……性格は、話してみないとわからないからな。

薫は新に目配せをした。ちょっと行ってくる、という合図に新が肯定的な笑みを見せる。

声をかけに行くくらいなら簡単だ。人見知りしないところは、薫の美点だ。たとえ人間的にまずい男だったとしても、アートカフェのマスターはこの界隈《かいわい》でそれなりに顔が知られている人間で、薫を守ってくれる。

「こんばんは。お一人なんですか?」

第一印象が神経質に見られないよう、愛想良く微笑んで話しやすさを演出する。それは功を奏し、男が抵抗を見せず挨拶してくれる。ここに来るのははじめてですか、と訊けば、友人に連れられてこのカウンターに何度か座ったことがあると答えてくれた。悪くない距離感だ。容姿も悪くないし声質も良い。薫は彼の人となりを探るように、アートカフェのことから話題を広げた。プライベートで初見の相手に話しかけること自体、かなり久しぶりだ。新鮮な出逢いの感覚から、普段よりも饒舌《じょうぜつ》になって会話が弾む。

ただ、それもつかの間だった。

「あら、健祐くん。こんばんはー!」

新のウキウキした声に、薫は話しかけられていることが一瞬にして吹っ飛んだ。茶髪の男を切り離して、勢いよく振り向く。

「やっぱり男子のビジネススーツはたまんないわねえ。似合ってるわよ」

「いやあ、どうも」

仕事帰りらしい背広姿の健祐がいた。唖然としていれば、健祐と目が合った。

「薫? 薫だ」

笑顔とともに名前を呼ばれる。会いたかったという表情をまったく隠していない。あまりに自然な登場に、薫の胸には不快感がせりあがった。

「おまえ、なんでいるんだよ！」

彼はまるでここの常連であるかのような素振りだ。カウンター前に来た健祐を見上げて思いきり顔をしかめる。隣で今さっきまで話していた男は、新と同じくらいおしゃべりなウェイターが上手に誘導してカウンターを離れていた。新はテーブル席に茶髪の男が移動したのを確認して、健祐を見た。

「わたしに会いに来たのよね、ね」

「はい、薫にも会える場所だから。シンさんも相談に乗ってくれますし。今日来てよかったな」

取り繕おうとする新の台詞を、健祐はあっさりと潰して素直に答えた。新がまいったように額に手をやる。その仕草に、薫は新もギッとにらんだ。

「おまえら、グルなのか。シンさんコイツにメールでもした？」

「してないわよ！　今日は偶然、」

慌てた言葉は、唐突に止まる。薫はますます眉間にしわを寄せた。

「シンさん、コイツのアドレス知ってんのかよ」

「あらやだ。ちょっと、オーダーとってくるわね」

口論を避けるように彼が店内へ逃げていく。健祐は新に代わって口を開いた。

「俺がシンさんに頼んだんだ。もし薫が来てたらお願いしますって」

おそろしい弁解だ。もはや弁解でもなんでもない。

「ふざけてんのか？」

沈静していたはずのイライラが暴走しはじめる。いくら自分に会いたいからといって、やって良いことと悪いことがある。

「ちょっと来い。外に出ろ」

ここがカフェであることは忘れていない。客も一般的なカフェに比べていろんなタイプの人が集まるところだが、男同士の口論を聞かせるわけにはいかない。薫は理性を総動員させて、健祐とともにドアを開けて外へ出た。出入り口から三階へ上がる階段を数段上る。息を吐いて見下ろすと、困惑顔の健祐が見つめ返す。彼も薫を怒らせたことに気づいているようだ。

「おまえ、なに考えてんだよ」

「なにって、ホームで待つのは悪いから、ここで。シンさんとも話せるから」

確かにこのアートカフェを教えてしまったのは薫だ。新と勝手に仲良くなるのはいい。最悪でも、偶然に会うのは許す。だが、新に協力してもらっているとなれば、話は別だ。

「おれがいるって、シンさんから連絡もらったら来る予定だったのか？」

「今日は違うけど、」

次回はそうかもしれない、と言わんばかりだ。

「でも、ホームで待つよりマシじゃないか？」

健祐が続けて口にする。多少譲歩してみたんだよ、というニュアンスに、薫の堪忍袋の緒が切れた。

「マシなわけあるかッ！　おまえはストーカーなのか？　おれはしつこい男が大ッ嫌いなんだよ！」

自分で開拓した土壌を勝手に荒らされて健祐のものにされてしまうなんて胸糞悪い気分だ。気づけば薫の友人知人は皆健祐に好感をもって親身に接している。挙句に、健祐は自分が上京とともに封じた感情や記憶を、無理やり掘り起こして押しつけてくるのだ。怒りと虚しさが込み上げた。

「最悪だ」

今の感情をそのまま薫が言葉にすると、健祐の顔がゆがみ肺腑《はいふ》をえぐられたような痛ましい表情を見せた。

「ごめん」

帰れ、と言う前に彼が背を向けた。

あっという間に引き下がって階段を下りはじめる男に、薫もなぜか深く傷つき、大過を犯した気分になった。金輪際顔を合わせたくないと思えるほど腹が立っていたはずなのに、今は言いすぎたかもしれないという大きな後悔が押し寄せている。

でも、引き止めることはできなかった。引き止めてしまえば健祐を許したことになってしまう。それに、彼と接した後は身を穿《うが》つほどの罪悪感や不安がやってくるとわかっているのだ。薫はどうしても心の平穏が欲しかった。

泣きたくなる気持ちを堪える。拒絶することで深い悲しみを抱えた薫は胸を押さえた。健祐を心の中ではどうしても引き剝がせないことが辛い。沈痛な思いで帰っていく彼を想うと苦しくなる。

ぐちゃぐちゃになった心のまま、カフェのドアを引っ張った。明るい店内は相変わらずだ。外で男が怒鳴っていても、爽快なＢＧＭのおかげで聞こえなかったようだ。

カウンターには、新が困った表情で立っていた。

「薫ちゃん。そんな言い方はないいんじゃないの」

出入り口で盗み聞きしていたらしい。薫はくちびるを噛んだままチェアに座る。残っていた酒のグラスを摑むと一気にあおった。くちびるが少しヒリヒリした。

「っ、シンさんは関係ないだろ」

「まあ、わたしはもう野暮なことはしませんけど。なにかもっと飲む？」

「なんでもいい。強いやつ」

「そうね。スペシャルなの、つくってあげるわ。特別におごりで」

新にもなにかしらの感情が芽生えたのか、カウンター内でいろんなものを取り出す。薫は彼の手つきを眺めていた。途中から、つくられているものがカクテルだとわかる。シャンペングラスに注がれたのは、紅《あか》い色のカクテルだ。新から手渡された。

ほろ苦く甘い味が、言いすぎたという悔恨とともに口の中へ広がっていく。

「そういえばわたし、幼なじみの定義をずっと考えてたんだけど」

新も別の酒を傾けて、独り言のように続ける。

「まだよくわかんないのよね。お友達同士の定義ならわかるけど。本当のお友達同士ならまずヤラないわね、アバズレじゃないかぎり。だって、友情を壊したくないじゃない。それを乗り越えるだなんて、相当の想いと覚悟がなければできないはずよ」

彼の言葉を聞いた薫はしばし動かず、グラスの中の一点を見つめていた。


曇天の空は会議室の外だけでなく、薫の心も少しばかり暗くさせていた。今日は三月ぶりのクライアントミーティングで、午前中から製薬会社へ一棋とともに訪れている。めくる資料も終盤に差しかかり、ボードを使って立花愛子と倉持翔悟が細かい説明をしている。

そこに、健祐の姿はない。

製薬会社に行けば会えるだろうと思っていたが、当てが完全に外れていた。薫はため息をつきそうになる自分に気づく。

気持ちとは裏腹に、女性向け栄養ドリンクの仕事は順調に進行していた。さきほど本商品のサンプルを受け取り、顔合わせのとき以来の対面となった嶋津主任には笑顔でお礼を言われ、立花にはときおり親しげに話を振られる。薫の柔軟なデザイン力と丁寧な仕事ぶりを高く評価してくれているようだ。そのあたりは素直に嬉しい。

でも、肝心の健祐がいないから心は曇る。健祐はどんな気分で毎日を送っているのだろう。そう思うたび、薫の後悔は水たまりのように広がっていく。

新開健祐が薫の視界に姿を見せなくなったのは、五月半ばのことだ。はじめは薫もそのことに気づかなかった。二度と会いたくないと思うくらい憤っていたし、自分の気持ちをコントロールするので精一杯だったからだ。しかし、感情というのは現金なもので、日が経つにつれ、健祐の気配が自分の世界から消えていることに寂しさを感じるようになってしまっていた。実際に誰も健祐のことを話題にしなくなったし、事務所でも駅でもアートカフェでも会わない。

一度あまりに気になって健祐のことを一棋に訊いた。すると「事務所にはもう来なくなった」と言われ、新に訊いても「あの日から見てないわよ」と答えられた。五月末には製薬会社の社員が事務所へ訪ねてきたが、姿をあらわしたのは今話をしている立花と倉持だ。健祐の先輩にあたるという立花いわく、彼はごたついている別チームの開発を手伝っている、とのことだった。

それを聞いて、薫はホッとするよりも戸惑った。つまり、ゴールデンウィーク明けが彼にとって最後の事務所訪問だったわけだ。アートカフェのマスターに協力を得ようとしていたのは、仕事上の接点がなくなることを念頭に置いていたせいかもしれない。それなりに彼が考えて行動していたことが第三者を通して知れて、薫の後悔は一層深いところへ落ちた。

あのとき言いすぎた、という思いがずっと胸の中でわだかまっている。

……おれの言葉に、健祐が傷ついたのは間違いないんだ。本当に悪いことをした。

健祐は薫から『最悪』と言われて、のこのこ顔を見せられるような男ではない。それに、梅雨入りした今も別チームに借り出されたままなのだろう。

……製品部と商品部の橋渡し役って、なかなかなれる人材じゃないらしいし。

畑の違う部署同士をうまく連携させて円滑に機能させる、というのは人事にも近い感じなのだろうか。薫にはまったく想像できない業務だが、とりあえず交渉や説得が苦手な薫にとっては、絶対にしたくない仕事であることは確かだ。

……健祐は、おれと違ってそういうの得意だしな。人当たりもいいし。

彼の長所が製薬会社でいかんなく発揮されているなら、いいな、と薫も思う。でも、健祐が働いている会社に来ているのに会えないのは、寂しい。前回怒鳴って追い出したのは薫だが、今は彼と会って「言いすぎた」と謝りたい。

「岸和さん、最後になにか気になるところとかありますか？」

立花に話を振られ、ぼんやりボードを眺めていた薫は瞬きをして彼女を見た。

「大丈夫です。変更点も、よくわかりました」

ぼーっとしていたのを悟られないように、愛想よく微笑む。資料を先走って全部見たが、グラフィックデザイナーになにをしてほしいのか上手にまとめてある。ボードの説明も半分いらないくらいだ。もうひとがんばりすれば、このデザインの仕事も終わる。

……もう、この会社に来ることはないよなあ。

WEBの特設ページについて話題が移ったのを横目で見ながら、残っている仕事のことを考える。締切期限に合わせてスケジュールを組みなおさないといけないだろう。

すべての質疑応答が終わると、ミーティングはお開きとなった。

薫は会社を離れる前に、トイレを借りることにした。倉持の案内で七階フロアの奥へ足を運ぶ。

「帰りはわかるので、ありがとうございます」

「それでは、エレベーターのところで待ってます」

健祐とはまた違ったタイプだが、気立ての良さそうな男が去っていく。この会社にいる男たちは社風に合わせて採用しているのか、どうも少し生真面目な雰囲気がある。薫の周囲にはあまりいなかったタイプばかりなので、見ているだけでも妙に面白い。

……それで、ちょっと偶然でも起きないかな。

トイレを利用した薫は戻りがてら部署のドアや内窓や給湯室など、企業色たっぷりの世界をきょろきょろ観察しながら前へ進んだ。社内を歩いていれば健祐と会えるのではないかと少し期待していたのだが、やはりすれ違わない。わずかに気を落として、エレベーター付近を見る。

倉持の代わりに立花が待っていた。

「すみません。お待たせして、」

「いえいえ。春里さんは主任と一緒に先に下へ降りましたよ」

そう答えながら彼女がボタンを押す。

「こういう大きな会社にあんまり来ないので、ついいろいろ目を奪われて」

遅くなった理由を話すと、立花は小さく笑った。

「新開さん、探してました？」

突然、彼女の口から健祐との関係を知るような台詞が出てきて、薫はうろたえた。

「え、あ、まあ、少し、」

取り繕えず、思ったままを声に出す。立花は、「あ、すみません、突然に」と軽く詫びて答えた。

「実は新開さんから、岸和さんが地元の幼なじみだと伺っていたんです。彼は今日、別チームと一緒に製品部へ出向いているので、こちらに戻ってくるのは遅くなるはずですよ」

すでに健祐は、チームに薫との表向きの間柄を話していたらしい。根回しの上手な健祐のやり方だ、と、なんとも言えない気持ちになったが、おかげで仕事が円滑になって、やりやすいことは確かだ。

その一方、立花が健祐の動向にやたら詳しいのは気になった。チームの主軸だから、メンバーのスケジュールを把握していて不思議ではないが、健祐は現在他チームへ借り出されている。

「彼のこと、詳しいんですね」

開いたエレベーターに乗り、和やかな声で暗に二人の関係を窺う。薫を見上げた立花は、どう言おう、と迷う表情をしたもののありのままを話すことに決めたようだ。

「今朝、新開さんが私のところに来たんです。岸和さんに会うならあんまりいじめないでくださいい、繊細なひとだから、お願いしますって言われて。あの、けっこうプレッシャーかけていたなら、すいません」

謝られて、立花の発言にも健祐の行動にも驚いた。

「いや、そんな全然。謝らないでください。すごく仕事しやすいな、と思ってるくらいなので」

販売前にモニター試飲をするとのことで、微調整や文字入れを急《せ》かされたのは大変だった。でも、だいぶ良心的なクライアントだ。

……健祐、そんなフォローしてくれてたんだ。

思わぬところで彼のやさしさを見出す。安堵と同時に、健祐がこの場にいない寂しさと、謝りたい気持ちは増してくる。

「それなら安心しました。これからも販促と広告のデザイン、お願いします」

「はい。……それで、彼、ほかになにか言ってました？」

「いえ、特には」

エレベーターが一階に着いた。来客者用のプレートを返しに受付へ立ち寄りながら、立花が口を開く。

「でも、このミーティングに参加したそうでしたよ。新開さんって、仕事ができるひとだから、いつも開発の後半になると別のところへ手伝いに行かされちゃうんです」

「そうなんですね」

「引っ張りだこっていうのも、うちのチームとしては嬉しいというよりも、ちょっと迷惑って感じなんですよ、実は。新開さんみたいなひとがチームにいること自体ラッキーなんだからって言われてしまうと、本当にそうなんですけど」

秘密にしておいてくださいね、と立花が親しげに小声を重ね、薫は頷いた。駐車場へ下りるために再度エレベーターホールへ戻る。

ドアが開くのを待っていると、彼女が言った。

「今回、仕事をしているとこういうこともあるんだなって思いました」

立花が笑顔で、薫を見つめた。

「仕事を通じて一〇年ぶりに再会するだなんて、すごく運命的じゃないですか。いいですよね、そういうの」

開いたドアに促され、彼女が「今日はありがとうございました。また、宜しくお願いします」と頭を下げる。エレベーターが閉まっても、別れた立花の台詞が印象強く残る。

仕事よりも健祐のことで頭がいっぱいになりながら地下に着くと、モスグリーンの車を探した。運転席で一棋が手を上げている。薫は小走りで近寄り助手席のドアを開けてするりとおさまった。車は一棋の声とともに動きだした。

「遅かったなあ」

「立花さんと話してた」

答えると、一棋が視線をチラと向けて薄く微笑む。なんとなく健祐絡みと察したのだろう。でも、彼は深入りしてこなかった。

車内のデジタルクロックを見ると、一三時半。予定より長くミーティングをしていたようだ。

薫はどんよりする世界を窓越しに眺めながら、製薬会社での出来事を反芻した。

健祐が活躍していることはなんだか嬉しい。彼には彼のコミュニティーがちゃんとある。それにも一安心だ。健祐と会わずに栄養ドリンクの案件が終了すれば、過去に蓋をしたまま日々を穏やかに過ごせる。

だが、このままだとなにも解決はしないだろう。

健祐のことだけでなく、過去にたいしても、このままでいいのだろうかと思う新しい意識が薫の中に生まれていた。事実、自分のことなのに長い期間思い出せない過去があるのは異常だ。感情が波立つのは嫌だが、真実は知りたい。

薫は心に余裕があるときに、少しずつ記憶の整理をはじめていた。その中で発見した過去の強い心情に、ときおり囚《とら》われる。

『地元にいたら自分も皆もダメになる』という明確な不安だ。

健祐と再会するまで上京の理由を『健祐との共依存から逃れるため』で片付けていたが、どうも健祐だけでなく、それ以外の人たちも関係しているらしい。

……でも、地元で健祐との関係がバレたことは絶対にないはずなんだ。

これだけは断言できる。しかし、あのまま医学部に進んでいたら、今頃新開病院に勤めているはずなのだ。中学校から勤務先まで健祐とすべて一緒のまま秘密の関係を続けていれば、いつか絶対なにかが起きる。きっと誰かに暴かれる。

そう考えるたび、薫は鳥肌が立つようなゾッとする思いに駆られる。そんな未来が嫌になって、全部捨てたくなるのも無理はない。高校二年生くらいから絵の仕事にも憧れを持ちはじめていた。息苦しい未来より好きな絵に携わって生きていくほうを選んだことは、上京の理由として妥当だ。

ただ、高校当時の自分にとって、健祐を切り離す行為はとんでもなく辛かったと思う。

今思えば、薫を甘え上手に育てたのは健祐だ。薫自身もなぜ健祐がこんなにも特別扱いしてくれるのか不思議に思うくらい、いつもそばにいて大切にしてくれた。

健祐のためにも、一度きちんと過去と向き合ったほうがいいはずだ。

……やっぱり一度、健祐と会って話す機会をつくろう。

簡単な昼食を済ませ、事務所のあるビルの前で車は止まる。外は今にも雨が降りそうな雰囲気になっていた。

「今日はこのまま事務所に残るんだよね？」

「うん。雪子さんと麻奈ちゃんに頼むことも増えてきてるから、明日からずっとこっちで作業するよ」

一棋の確認に頷きながら、クライアントからもらった重い紙袋を引き取った。

「わかった。二人によろしく」

「じゃ、またあとで」

ドアを閉め、次の案件に向けて走り去るモスグリーンの車を見届けて、薫はエントランスに足を踏み入れた。途端にザアッと雨粒の音がして振り返る。濃厚に湿気た風のにおいは、雨が降る予兆で間違いなかったようだ。

事務所に着くと、和やかな麻奈と雪子の声がした。

「あ、薫さん。おつかれさまです」

「お疲れさま。一棋さんは？」

「お疲れ。一棋さんは、あと一ヶ所用があるって。慶介は？」

「彼は今日、一人で打ち合わせに行ってるわよ。一棋さん、拾いにいくのかしら」

二人は手を休めて薫が紙袋を置いたテーブルのそばに集まる。

紙袋の中から品物を取り出せば、麻奈が嬉しそうに声を上げた。

「できたんですね！　中身もはいってます？」

「はいってるよ。資料ももらってきたから、少し時間取れる？」

「あたしは大丈夫です」

「ごめんなさい、少し待ってくれる？」

「いいよ。おれも、ちょっと、」

「それなら先に、資料コピーしますよ。どれとどれですかね？」

麻奈の言葉に資料を差し出して部数を伝える。そして、薫は自分のＰＣに向かうと電源をオンにした。

　起動を待つ間、窓を眺める。梅雨空から落ちる大粒の水滴。六月は薔薇が美しく咲く時期でもあるが、いつになってもあまり好きになれない。雨が帰宅する頃に止んでくれれば嬉しい。

「薫ちゃん、私も準備できたよ」

　雪子の言葉に、薫は無意識に動かしていたカーソルの焦点を定めた。

「うん。あと一分待ってて」

　画面を確認してプリンターを作動させる。

　はじめは単独で行っていた栄養ドリンクの案件も、この頃は二人と打ち合わせしながら進めている。健祐が事務所へ来なくなったと知ってから、薫は以前のように事務所で仕事をするようになった。対健祐用として使っていたパーテーションは畳まれたままだ。今後、根を詰めるようなデザイン案件が来ないかぎり用はないだろう。寂しい気持ちもあるが、仕事に支障がなくなったのは正直助かったと思っている。

　資料を読んでいる二人のところへ薫が行くと、打ち合わせがはじまった。薫や慶介と同じデザイナーの麻奈は栄養ドリンクのWEBデザインに携わり、冊子づくりは雪子の持ち場だ。それぞれが担当するために必要な資料は数日前に渡してあって、事前にクライアントミーティングで訊いてほしいことも文書化してもらっていた。今回はその回答文書と一棋の手描きメモを見ながら意見を重ねる。

何度も似たような仕事をしている雪子と麻奈は話の飲み込みも早く、やれるところからやってみる、と質疑応答後にデスクへ戻っていった。メインデザインは薫がつくったもので決定しているから、レイアウトはそれなりに想像しやすいだろう。わからなくなったら、薫か一棋に尋ねれば大概解決するという安心感もあるようだ。彼女たちの安定した仕事ぶりを見ると、フリーランス時代には得られなかった安堵が生まれる。

……とりあえず、さっき先方からもらったやつをかたちにしてみるか。

薫も今は仕事を優先すべく、別資料を取り出してPC上のファイルを開く。静かな室内でデザイン作業をはじめると、時間はあっという間に過ぎた。

一七時をまわって、事務所へ一本の電話が入った。

仕事場の電話は、基本的に雪子が取ってくれる。薫は鳴り響く音を無視して指と瞳を動かしていた。着信音が止んで、次に雪子の話し声が聞こえはじめる。親しげな話し方から一棋か慶介のようだ。

「薫ちゃん、ごめんなさい。ちょっと出てくれる？」

雪子の呼ぶ声に、薫はようやく顔を向けた。打ち合わせのときに比べて不自然なほど硬くなっていた。

「あなたあてに、緊急の電話なの」

「緊急？」

仕事絡みで『緊急』という単語が使われることは滅多にない。稀だからこそ、ヤバイことなんじゃないか、と、薫はすぐ手を止めた。ロングスカートの雪子がデスクそばまで子機を持ってきてくれる。

「慶介くんからなんだけど、ケータイは一棋さんのものみたい」

すると慶介は一棋と合流して、一棋の携帯電話を代わりに操作しているのかもしれない。一棋が隣で運転しているならありえることだ。

「なにがあったって？」

「話は慶介から直接聞いたほうがいいと思うの。ひとまず大事にはなっていないみたいだから」

……緊急だけど、大事にはなっていない？

さっぱり想像がつかない言い回しに、受話器を渡す雪子を見る。言い淀《よど》んでいた彼女の顔は厳しい。どちらにしても良くないことなんだな、と、軽く覚悟して子機を耳に当てた。

「慶介、どうした？　なんかあった？」

「薫、お疲れ！　で、仕事のことじゃないんだけど、けっこうヤバイことが起きてさ」

おおげさな物言いに、薫は首を傾げた。仕事で大きなミスが発生したのかと思っていたが、違うらしい。

「仕事じゃないのかよ。隣に一棋さんいるの？」

「いるぜ。運転中。それで代わりに俺が電話を取ったんだけど、」

慶介の声以外静かなのは車内だからだろう。ただ、いつもより声のトーンが低めに抑えられている。

……はっきり用件を言えって。まわりくどいなあ。

「それで、ヤバイってなんなの？」

薫がじれったく耳を澄ませて尋ねる。

慶介の声が一瞬遠くなり、「薫に言うよ？」と受話器の外の会話が聞こえた。一棋の了解を取る必要がある内容なのか。慶介、と呼びかけるよりも早く彼の声が戻ってくる。

「新開さんがジコっちゃったみたいなんだよ」

明確な台詞は、すっと鼓膜を突き抜けた。

「ジコ？」

漢字も意味も出てこないまま鸚鵡《おうむ》返《がえ》しする。よく知ってる名前。よくどこかで耳にする単語。

「そうなんだよ。一棋さんの電話に今さっき連絡がはいったんだ。新開さん、今日事故って救急車で運ばれたんだと。とりあえず命に別状はないっていうから、不幸中の幸いだよな」

……健祐が、事故？

ようやく出てきた言葉の意味に愕然《がくぜん》とした。取り落としそうになる子機を、なんとか理性で摑みなおす。

ヤバイとかいう話ではない。冗談でもあってはならないことが知らぬ間に起きてしまっていた。動悸がバクバク激しくなる。薫はぎゅっと目をつむった。

「本人から会社に連絡があって発覚したことだっていうから、大事はないって先方は言ってたぞ。って、薫、聞こえてるか？　薫？」

何度も応答する声に、ハッとする。

「え？　ああ、うん」

「大丈夫か、おまえ、」

心配する慶介に、薫は混乱する脳内から理性を引っ張り出すように頭を押さえた。

「だ、大丈夫」

……事故って。でも命に別状はないんだ。

雪子も慶介も大事には至っていないという認識でいるようだし、自分がこの場で混乱していてもどうしようもない。

今、おそらく健祐のほうが大変な思いをしているのだ。独りで辛い思いをして、病院で治療している健祐。想像するとてつもない感情が薫を駆り立てた。

……健祐の顔が見たい。会いたい。

「それで、病院は？　まだ病院にいるんだよな？」

はっきり尋ねた薫に、慶介は「それなら、ちゃんと訊いといたぜ」と答えてくれる。頼もしい仕事仲間だ。

「病院名言うぞ。そこらへんに紙とかあるか？」

「紙。ある。いいよ、言って、」

「じゃあ言うぜ。事務所からちょっと遠いんだけど」

言われた病院名を手元にあった黄色のメモ用紙に書く。冷えた指は力が入らなかったが、書いた文字は混乱気味の頭にしっかり刻まれた。あとはインターネットで検索すれば詳細は出てくる。

「病院行くなら、早く行けよ。俺らもあと三〇分で事務所戻れっから」

慶介は用件だけ早々に伝えて電話を切った。彼の言うとおり、早く行ったほうがいい。

しかし、薫は呆然としたまま、デスクに子機を置いた。

……事故。でも命に別状はない。事故。でも命に別状はない。健祐の命に、別状はない。

「薫ちゃん、大丈夫？」

子機を取りに来た雪子が心配そうに声をかける。心の中で同じ言葉を繰り返していた薫は顔を上げ、反射的に頷いた。

「大丈夫。命に別状はないって」

「うん、慶介言ってたね。薫ちゃん、なにかできることがあったら言ってね」

冷静な雪子の様子に、ようやく身体の緊張が解けた。事故るなよバカッと思うより、とりあえずよかった、という思いが先行する。

……事故の話を独りきりのときに聞かなくてよかった。

少しずつ薫も冷静さを取り戻しながら窓の外の雨を見た。交通事故が多くなりそうな、視界を悪くする雨。

……でも、命に別状はなくても、どこか不随になるレベルだったら？

ふと考えて、心がふるえあがった。

交通事故は楽観視できない。今の段階では重傷である可能性は残っている。薫も一応医者の息子だ。怪我で済んだとしても、完治に至るまで人それぞれだと知っている。今の電話では入院しているかどうかもわからない。

事故という単語を聞いた瞬間より、冷静になった今のほうが不安は増している。彼と最後に会ったのが、お互い嫌な感じだったのもよくない。

……もし、今の事故で健祐を失っていたら？

最悪の仮定を想像して、恐怖は倍増した。

まだなにも解決していない。健祐と再会してから本当に話し合わなければならないことを、まだ一度もきちんと話していない。薫が理由も言わず健祐から逃げていたせいだ。

でも、もう逃げている場合ではなかった。今みたいに、人はいつなにが起きるかわからないのだ。

薫はマウスに指を重ねた。不安と焦燥に駆られブラウザを開く。病院名を検索すると、情報は簡単に開示された。ここから最短で一時間弱の距離だ。いつ事故にあったか知らないが、行くのならば今しかない。

立ち上がった薫は、デスクに座っている雪子と麻奈を見た。その行動に、二人はすぐ反応する。

「すみません、これから出かける。今日はもう戻ってこないと思う」

「わかりました。なにかあったらメールします」

「私は一棋さんに伝えておくね。気をつけて」

バッグと傘を持つと雪子と麻奈に見送られて事務所を離れた。先に病院へ連絡を入れる。そしてスマートフォンで経路を検索して、やってきた電車に乗る。乗り継ぎ駅の通路を足早に歩きながら、プライベートな情報がよく一棋さんのところに流れてきたな、と思った。そして、今日の昼前に訪れた製薬会社でのワンシーンを思い出した。事故の情報は、立花あたりが気を利かせてくれたのかもしれない。

最寄り駅を降りて、再度病院へ電話した。親族でなくても面会できる方法はある。幸い規則に厳しい病院ではないらしい。病院側と話している間に目的地に着いてしまった。

　電話を切った薫は言われたとおり裏の玄関から入ると、受付で名前を言って傘を置いた。彼が入院しないで帰れることも、手術も要さない怪我だということも事前に聞いている。でも、病院に入ってまた緊張が広がった。健祐は大丈夫だという事実の横で、本当にそうだろうか、とささやく巨大な不安がある。不安定な心から逃れるように、健祐がいるという場所へ急いで向かった。

　健祐は、待合所も兼ねた通路の硬いソファーに座っていた。人当たりの良い表情で看護師と話している。捲り上げたシャツの左裾に固いギブスが巻かれていて、骨折だとすぐわかる処置だ。

　歩調を落とした薫は、今までの不安を吐き出すように口を開いた。

「健祐」

　大きな声が廊下に響き、素早く健祐が反応する。驚いた表情は、すぐ嬉しそうなものへ変化した。

「薫」

　事故で搬送されたとは思えない普段どおりの彼を見て、張り詰めていた心の糸がプッツリ切れてしまいそうになる。心配かけるなバカ！　と叫びたいが声にできず健祐のそばに立った。

「迎えの方ですか」

「はい、一応」

付き添っていた看護師の女性は、薫が電話していたことを知っているらしく、簡単に状況を説明してくれた。医師と話しますか、と言われたが、それは断った。それよりもソファーに座りたい。

殺風景な廊下で二人きりになった。薫は今までのわだかまりをなくして、大人しく健祐の隣に座った。ぐったり壁にもたれかかる。

ようやく大きな息が吐けた。知らず知らず心臓に負担がかかっていたようだ。

……でも、会えてよかった。もうそれだけでいいや。

強く打っている鼓動をなだめるように、胸を押さえる。一目見られただけでも、ずいぶん気の落ち着き方が変わってくる。

「ごめん、心配かけて」

その様子を見つめた健祐が、大きな体軀《たいく》を曲げて頭を深く下げた。

「本当だよ、バカ。びっくりしただろ」

「うん、ごめん。俺は手首を骨折したくらいだからなんともないんだよ。でも、相手はバイクに乗ってたから」

事故の状況は知らないが、バイクと聞いて訊き返す。

「相手は大丈夫なのか?」

「意識はあって、きちんと受け答えできているって聞いたけど、頭を打ってるから一応入院するみたいだ」

自身も骨折しておきながら、冷静に話している。医学部出身らしい言葉だ、と思っているところに会話が続いた。

「医者じゃないから、詳しいことはわからないけど」

彼の台詞はなんとも奇妙だ。薫は彼を見た。

「医師免許は持ってるくせに」

「かたちだけだよ」

そして沈黙がはじまった。自分の放った言葉を薫はすでに悔やんでいた。

医師免許を持っていながら、医者にならなかった理由はわかっている。自分のせいだ。

緊張が解けていた薫の心に、今度は強い罪悪感が押し寄せてくる。変な恐怖感も新たにわきあがる。健祐を事故で亡くしてしまうかもしれないという恐怖とはまた違った、息苦しい感情だ。

……病院に居たくない。

ここは不安な場所だ。

早く帰ろう。その言葉を切り出すために彼を見る。健祐は隣でずっと薫を見つめていた。

「ありがとう。薫が来てくれるとは思わなかった」

健祐の感謝に目を逸らさず頷いた。彼とともに立ち上がる。

「もう帰っていいんだよな?」

「うん、もう今日は帰っていいって言われてるよ」

「じゃ、おれは帰る」

一人になれば今以上の重い感情が押し寄せてくるのはわかっている。でも、早くこの場から離れたかった。裏玄関に戻り、傘を取って窓口に挨拶する。片手が鞄でふさがっている怪我人の健祐と、仕方なく一つの傘で雨をしのいだ。タクシーを拾おうと大きな道に出る。

間近に強い視線を感じてチラと横を見れば、感謝されたときと同じ真摯な瞳とかち合った。

「薫。お願いがあるんだ」

健祐の言葉に変な予感がした。

「なんだよ」

「俺の家まで、来てくれないか」

「怪我人の見送りで?」

タクシーを探しながらわざと軽く訊き返す。遠くからそれらしいものが向かってくるようだ。

「いや、薫に見せたいものがあって。……それで、聞きたいこともあるんだけど」

手を上げると、タクシーのライトが点滅した。来るのを確認して、腕時計も見る。

「仕事中だったのか？」

返事をしない薫に、健祐が不安げな声をかけた。タクシーが止まった。

「それは大丈夫だよ。健祐、先に乗れって」

「わかった」

二人は車内に乗り込む。運転手が行き先を待つ素振りをしているので、薫は健祐を見て言った。躊躇いは無理やり制した。

「健祐の家、どこ？」

それが薫の承諾だとわかったのだろう。健祐は自分の住んでいる場所を運転手へ的確に伝えはじめた。車で三〇分の距離らしい。その間、二人に会話はなかった。

健祐の家に行くという行動がなにを意味するのか。一〇年前に蓋をした記憶に話が及ぶのは間違いない。嫌ならまだ引き返せる。でも、当時起きた真実を健祐も知りたいと願っている。せめぐ心をよそに、タクシーは住宅街にあるマンションの敷地内に入り、エントランス前で動きを止めた。

……過去から逃げたらダメだ。

薫は覚悟を決めて車を降りた。このまま逃げていても、自分のためにならない。健祐のためにもならないのだ。

ゆっくり降りてくる健祐を待ち、黙って彼の後についていった。エレベーターに乗り、健祐の操作で三階へ上る。玄関ドアの前で鍵を使う健祐の代わりに、薫は鞄を持ってあげた。黒い革の鞄には、働く男らしい重量があった。

「散らかってたら、ごめん」

「いいよ」

健祐の部屋が散らかっていたことはないと知りつつも、そう応えて室内に入った。広い1Kだ。部屋一面に畳が敷かれている。彼の実家を思い出した。

「ここ、フローリングじゃないの？」

「畳を買って敷いたんだよ。畳のほうが落ち着くから」

面倒なことに固執する彼らしい言い分だった。家具の配置も、彼の実家の自室ととてもよく似ている気がする。

健祐は薫がテーブルの前に座ったのを見届けて奥のラックの前に立った。そこから片手であるものを取り出す。畳に所在なく座っていた薫は、彼が手にしている物から目が離せなくなった。

文庫本とスケッチブックだ。本のタイトルだけで、自分が大好きだった南米文学の短編集だと知れる。部屋を見るかぎり小説の類がほかにないのだから、健祐自身が購入したものではないだろう。

しかし、そんな物を健祐に贈った記憶はなかった。スケッチブックはともかく、そもそも小説を読む趣味を持たないこの男にはちんぷんかんぷんでわかるはずがないのだ。

「見せたいものは、これなんだ。薫はこれ、覚えてる？」

健祐はスケッチブックを開きながら隣に座った。そこに、白い洋封筒が挟まっていた。

『健祐へ。』

そう書かれてある。紛れもなく自分の筆跡だが、薫はこんなものを書いた覚えすらなかった。記憶があらわれないことに異様な不安を感じて手を差し出す。

「わかんない。その中身、見せて」

健祐から受け取った手紙を躊躇なく開封した。中には、一枚の紙が収められていて、整った直筆が透けて見える。

ここに、自分の思い出せずにいた真実がこめられていると悟った。

二つ折りの便箋を開く。若い自分の丁寧な文字が並んでいた。


健祐へ。ここにはもう、いられません。おれには耐えられなくなりました。最近ずっと悪夢ばかり見ます。ここにいたら、全部ダメになる気がする。おれはここを出て行ったほうがいい人間です。人を不幸にすることしかできない。だから、捜さないでください。一緒に大学も行けなくなって、ごめん。おれのことは忘れてください。おれも健祐のことは忘れるから。

「覚えてる?」

彼の問いが宙に浮く。薫は手紙を持ったまま息を継ぐこともできず硬直していた。新開家にたいする嫌な感覚と、谷底に突き落とされるような強大な恐怖が心を覆いはじめる。手紙は、まともな精神のときに書かれたものではない。短い文章に、とてつもない感情がこめられている。

書いた日のことをどうしても思い出したくて、薫は速まる鼓動を抑え一字一句心の中で口にしながら読み返した。

すると、ある場面が脳裏にあらわれた。実家に残された学習机の木目。一〇年訪れていない地元の自分の部屋だ。かじかむ指が、なにかを書いている。……文章は、目の前にある便箋と一緒だ。

思い出した。瞬く間にとある情景が浮かび上がる。

これを書いたのは春を目前にしていた頃だ。薫は泣きそうになりながら、何度も躊躇っては捨て、書きなおし、最後に出来上がった一枚を白い封筒に閉じ込めた。冷たい指は孤独だった。寒くて凍えて死んでしまいそうだった。

息ができないほど追い詰められ、その末にこの手紙を書いた。それは最後の足掻《あが》きともいえる、薫の苦しみの果てだった。

その翌日、薫は手紙を残して、一人上京した。

まるで昨日のことのように心情がよみがえり、辛く苦しい記憶が胸の内にあふれ出す。

恐怖感と絶望感と、罪悪感。そして、健祐を恋しいと想う気持ち。健祐とずっと一緒にいたいと願いながら、どうしてもそれができなくなってしまった大きな悲しみ。

手紙を持つ手がふるえてくる。恋慕というよりもはるかに成熟した、健祐が欲しくてたまらない情念は激しい熱になって身体を駆けめぐる。痛ましい煩悶と混ざり合って過去の想いは現実と重なった。

「薫」

耳触りの良い好きな声に鼓動が跳ねた。健祐は触れられるくらい近くにいる。薫に抱かれる悦びを教え、心をつなげ合う幸福感を教えてくれたかけがえのないひと。健祐とずっと一緒にいられるものだと思いこんでいた。健祐が自分のもので、自分が健祐のものであるという揺るぎない絆を、薫は命のように大切にしていた。

でも、現実を知ったのだ。

「その手紙、薫のロッカーに入ってたんだよ」

健祐の声には小さな諦めがこめられていた。一〇年前の手紙について、一〇年ぶりに白状させるほど愚かなことはない。でも、健祐が薫に問いただしたくなる気持ちも痛いくらいわかる。

こんな感情的な文章を読んで、薫が尋常ではない、と健祐が思うのは明らかだ。健祐ならば、こんな手紙を見て一心不乱に薫を捜すだろう。出逢った九歳のときからずっと、薫の不安を自分の不安のように受け取ってきた男だ。

悪夢を見る。自分は人を不幸にする。捜さないで、忘れて。

そんな言葉で健祐が簡単に「はい、わかった」と頷くはずがない。逆に血眼になって捜す。そのとおり、健祐は手紙に吐露された想いだけを頼りにして、薫を捜し続けたのだ。

……おれは、こうなるってわかってた。地元からいなくなってもこれで、健祐を縛れるって。

紙面に刻まれているのは、心に抱えていた大きな未練だ。健祐に捜してほしくて、自分はわざと手紙を残したのだ。

……最低だ。でも、こうするしかなかった。どうしても健祐にわかってほしかったんだ。苦しかったことも、一緒にいられない気持ちも、恋しいという想いも。

健祐の存在を感じて甘く痺れていく身体と心が、相反する不安と恐怖を新たに生み出す。

……全部、封をした。健祐のことを想っちゃいけなかったから。それで、手紙に詰めて。

禁じた想いは、一〇年の間に都合よく変容して、『共依存化していた健祐から逃げたくて上京した』にすり替わった。健祐のせいにして封じておけば、薫自身が傷つかないからだ。

でも、本当は『大切な健祐のために地元を離れるしかなかった』のだ。

……なんで、こんなに苦しんで、おれは封をしなくちゃいけなかったんだろう。わからない。けど、すごくこわい。

この恐怖と罪悪感から解放されたくて、高校卒業とともに健祐とつないでいた手も離した。その手は一〇年経って、目の前にある。彼が口を開く。

「手紙、発見したのは卒業式の後だった。薫は卒業式に出てこなくて、家まで迎えに行けばよかったって思いながら、薫のロッカーを開けたんだ。そこに、俺宛の手紙が入ってた」

言われなくても薫は思い出していた。これをロッカーに仕舞ったのは卒業式前日の放課後だ。わざわざ手紙を入れに高校へ赴いたのだ。ロッカーの中身は翌日の卒業式を控えてほとんど空にしていた。薫は迷いなく自分のロッカーへ手紙をはさんだスケッチブックと絵の元になった小説を置いた。

健祐は家族と用があると言っていて、その日はほぼ会わず仕舞いだった。気持ち的にそれはありがたかった。地元を離れると決めたのは医学部の合格を知った当日の夜。上京する覚悟は母親にだけ伝えていた。突然のことで彼女は驚いていたが、好きにしなさい、と、言ってくれた。荷物はトランクケースひとつだけにした。地元を思い出すものは極力持って行きたくなかった。

「慌てて玲子先生に聞きに行ったよ。そしたら、薫は夢のために地元を出たって言われたんだ。全然意味がわからなかった。何度読んでも、どれを見ても夢のことなんてひとつも書いてない。俺には、薫が苦しんで地元を出たとしか思えなかった。だから、捜した。もしかしたら薫も、本当は見つけてほしいって思っているのかもしれないって、俺は思って、」

健祐に捜させるように仕向けながら、手紙について一切忘れるほうを選んでいたことに弁解の余地はない。健祐に捜してもらいたい想いと、なにもかも忘れたい想いの中で、結局後者が勝ったのだ。未練を抱えて生きるなんてできなかった。

「せめて、俺のロッカーに入れてほしかった」

恨み節のような声で訴える健祐に、薫は手紙を置いた。

「入れられるわけないだろ！」

眩暈に似た強い罪悪感と、健祐への恋情を押し殺して言い切った。デートまがいのことをした後にやってきた、強烈に嫌な感じも身体の中で渦を巻きはじめている。

なにかが足りていない、と心が訴える。思い出したくもない、決定的ななにかが、あの日々の中にあったはずだ。

胸騒ぎのような感覚がこわくて気持ち悪い。ふるえる手を制しながら理性をかき集めた。

「おれにこんな想いをさせて、おまえはなんなんだよ」

健祐を拒絶するように言い放つ。畳部屋のせいで地元に戻ってきたような気分だ。見えない目に監視されているようで息苦しくなる。自分がなぜか汚れた人間にも思えてくる。手紙にあるように『自分は人を不幸にする』とすら思えてくる理由。

地元にいられなくなった本当の理由が、目前に控えているのを感じた。

「ごめん、薫。嫌な気持ちになったよな。薫はずっと過去は過去だって言ってたのに、俺がこんなふうに蒸し返して」

自嘲するような彼の言葉に、薫はなにも言えなかった。崩れそうになる心を律して、健祐の胸にある想いを聞く。

「俺のことが嫌だったら、ここではっきり嫌いだって言ってほしい。薫から聞きたいのは、それだけなんだ」

正座して懇願する声は切実だった。

……嫌いだって言ったら、どうするんだよ！

胸の内でうめくように訊き返すと、恐ろしい台詞が続いていた。

「薫の言葉が俺のすべてなんだ。俺のこと必要ないって言ってくれたら、独りで生きていく覚悟もつくから」

勝手な幼なじみに、耐え切れず口を開いた。

「おれの言葉でそんな覚悟を決めるなバカ……！」

今も昔も健祐はまったく変わっていないのだと知って、薫はとうとう泣きたくなった。申し訳ない気持ちが心をきつく軋ませる。

「なんでこんなに……おれなんかに固執することないだろ」

薫は自分が特別な人間でも出来た人間でもないことを知っていた。母のようにはなれないし、健祐のように人に頼られるような器量もなく勉強もできない。二〇年近くも執着されるほど素晴らしい人間ではないのだ。

「おれなんか、じゃない。薫はすごいよ。俺はちゃんと知ってる」

しっかりフォローを入れてくる健祐はやさしい。だから、余計に苦しい。

「薫が最初に俺と会ったとき、どう思ってたかわからないけど」

どこまでも過去を掘り下げようとする健祐の想いを、耐えながら見つめ返す。

出逢ったときの健祐は、はじめから大人びていた。薫は、「良いヤツだなあ。友達になれそう」と思ったくらいで、最初はそれ以上でもそれ以下でもなかった。

「俺は薫のこと、出逢う前から大好きだった」

彼が当時を懐かしむように微笑む。

「え？」

予想外の言葉に驚いた。同じように健祐は薫を見つめる。

……出逢う、前から大好きって？　好きって言葉も、今はじめて言われた。

表情を読んだのか、健祐が苦笑を混じらせて続ける。

「好きだって、薫にちゃんと言うのははじめてだよな。当時の俺は、言わなくてもわかってくれていると思い込んでたんだ。薫のやさしさに甘えてた。それじゃあ、愛想尽かされても仕方ないよな」

　身勝手な男の言い分を、薫は責められなかった。仮に、高校の時点で好きだとはっきり告白されていたら、だいぶ事情が変わっていたはずだ。しかし、どのみち上京を選んだ気がして、薫は強く首を横に振る。

　ただ、好きという明確な愛の単語に、少しだけけしんどい感情は薄れていた。健祐の声に救われる。

「俺は、ずっと薫が大好きだったんだよ。玲子先生から薫のことを何度も聞かされてた話はしたけど、……薫のおばあちゃんが入院するって話になったとき、あっただろ。薫を預かろうってお願いしたの、実は俺なんだよ。俺が親に頼んで、実現したんだ」

　懐かしむように語っているが、薫への想いが早々に度を越したのは九つより前のことで、出逢いの場面から健祐の思惑が入っていたという。その内情をはじめて聞いた薫は、彼の深すぎる情熱を思い知った。

「そんな、最初から、」

「うん。どうしても、薫と逢ってみたかったんだ。あまり知られたくなかったことなんだけど……俺は玲子先生の話だけで、薫のこと、すごく好きになってたんだよ。実物の薫が見たくて見たくて夜も眠れないくらいだった。玲子先生は忙しい人だったから、薫を病院に連れてくる暇はないって言うし、中学校は学区が一緒だろうから嫌でも会えるよって言われて。

でも待てなかった。逢える方法を考えていたときに、ちょうど薫のおばあちゃんの入院の話を家で聞いたんだ。俺の親はちょうど玲子先生に相談されていたみたいで、俺はチャンスだと思ったんだよ。それで、やっと薫に逢わせてもらった。薫も覚えてるだろ。病院のナースステーションで」

それはよく覚えている。でも、健祐は薫に逢いたくて仕方ないという態度を見せていなかったはずだ。

「でも……出逢ったとき、おまえけっこう普通だったよ」

「薫を困らせたくなくて、普通を装ってたんだ。心の中では完全に舞い上がってた。本物の薫は想像以上で、びっくりするくらいかわいくて、完璧だった。俺は命より大切な人をとう見つけたって、本当に嬉しくて嬉しくて、」

「早すぎるだろ。小四で命よりもって！」

「でも、思ったんだから仕方ないだろ。なんでここまで薫に惹かれるのか、俺にも今もわからない。どれだけ考えても、薫は俺の一番なんだとしか言えないよ。どこが好きなのかって言われても困る」

愚直な告白に薫は黙った。確かに、出逢った瞬間から健祐は薫を特別扱いしていた。そんな彼の愛情深さに薫自身も気づいていた。しかし、それが男女の恋愛のような情だと思いたくなかったのだ。そして、たとえ薫が健祐と同じ想いを抱いていたとしても、口に出して応えてはいけないと理性が強く制御していた。

彼がはじめて語ってくれた想いは嬉しい。でも、素直に喜んでいいのかわからない。健祐に愛されることと、健祐を好きだと想うことは、とても罪深いことなのだ。

……すごく嬉しいのに、すごく悪いことをしているような気になるよ、健祐。こわいよ、健祐。

過去と現在の感情が混在して、薫は無意識に胸へ右手を置いた。圧迫されるような苦しい感覚がきている。本当に眩暈がしてきた。座っているのも息をするのも、気持ち悪い。

「薫、」

耳に届いた彼の声色は、わずかに変わっていた。また違う種類の告白がはじまるのだ、と、薫は瞬時に気づいた。

「俺は、あの家を出るとき、男が好きだからここにはいられないって、親にカミングアウトしたよ」

眼差しも口調もやさしい。しかし、出てきた台詞は脳天をつんざくほどの衝撃をつくった。薫の顔からザッと血の気が引いて体温が抜け落ちる。バクバクと心臓の音だけが激しく鳴った。

……嘘だろ。

目を見開いて身を乗り出した薫に構わず、健祐は平然と語り続けた。

「地元を出るのを止められたから。それで、……あの家に絶縁された」

新たな取り返しのつかない事実を前に、考えるより早く手が動いた。腰を浮かせて男の襟首を強く掴む。

「お、おまえはなにやってんだよ！　健祐は、男が好きなわけじゃないよな？　違うよな？」

「うん。薫だけだ」

「なんで……なんで、誤解させて絶縁されてんだよ！」

頭が痛くてくらくらする。どうすればいいのかわからない。健祐の表情は、絶縁されたというのに穏やかだ。

「薫を捜したいから、なんて言えるわけないじゃないか。それに、薫の名前を出したら薫に迷惑がかかるよ。それなら俺が男好きだってことにしたほうがいい。万が一、薫とのことがバレても、全部俺のせいにして、俺は薫を守れるんだ」

掴んだ手を離す。言われた言葉が胸の奥で力強く響く。虚脱するように薫は健祐を見つめたままへたり込んだ。

なにかが、耳の奥から聞こえた。

健祐の言葉に呼応して、記憶の中の誰かが薫に話しかけている。

……いやだ。聞きたくない。お願いだから。

耳を塞いでも無駄だ。今まで出てこなかった記憶の底から、聞こえてくるのだ。

……お願い。やめて。健祐、助けて。

「俺は薫が好きなんだ。ずっと腕の中に閉じ込めておきたいくらい好きで好きで……最初から最後まで家族よりも、薫が大切なんだ」

彼の誠実な告白に混じって、薫の体内には幻聴が響いていた。

『見て、薫くん。これ、気持ち悪いわよね』

はっきりした台詞に、全身の鳥肌が立った。こわいと思うのに、声が止まない。

親しげな年配の女性の声だ。

『薫くんもこんな汚いもの、テレビで映さないでほしいと思わない？』

言われた台詞の前にはとても大きなテレビがある。新開家の広いリビングだ。高校生の薫はソファーに座っている。画面に映る派手な色彩を眺めながら、隣にいる女性の声を当たり前のように聞いていた。

健祐の母親だ。

流れているテレビ番組は、マイノリティーな性に生きる人々の特集だった。彼の母はまるで汚らしいものを見るかのように顔をゆがめて言ったのだ。

『男同士なんて、不潔だわ。気持ち悪い』

胸と胃の間に言葉にできないほどの大きく鋭い痛みが走った。

怖い。怖くて苦しくて息ができない。暗い夕方の出来事での一言が、たくさんの針となって全身を這い回る。

自分の想いも行為も存在も全否定した、あの言葉。

薫は、あの瞬間からすべてを一人で抱えた。

この想いは誰にも知られてはいけない。健祐に助けを求めることすら罪になった。健祐にたいする甘く強い感情にすら、名前をつけることは許されなくなった。

早くあの行為をやめないといけない。健祐のためにやめさせなければいけない。自分たちが同性同士であることを、なぜ今まで疑問に思わなかったのだろう。今までしてきたことは、男同士のセックスだ。なんで気づかなかったんだろう。

まともな行為じゃなかったのだ。あんなことを、健祐にさせてはいけない。続けていればいつか、自分は親切にしてくれた新開家を崩壊させる。実母の職場も奪ってしまう。

……このままじゃ、自分はいつか皆を不幸にしてしまう。やめられないなら、早くいなくなったほうがいい。おれがいなくなったほうが、健祐にとっても。

「具合、悪くなったのか？」

慌てたような健祐の声に、薫はハッと我に返った。

しかし、現実に戻ったところで痛みは消えなかった。苦しくて首を横に振る。えぐられるような心の痛みに、呼吸が浅くなる。

思い出した深い傷のせいで、全身にふるえがきていた。尋常じゃないと理性が訴える。でも、猛烈な不安と罪悪感と恐怖は、さらに痛みを増幅させている。

薫の忘れることを望んだ記憶は、本当に忘れるべき記憶だった。健祐のことだけでなく、薫自身のセクシャリティーも完全否定した過去。それは、自分という存在を全否定されたに等しい出来事ともいえた。

「薫。ごめん、ごめん」

謝る的外れな健祐に言葉が返せないまま、俯いた顔を上げてなんとか深呼吸しようとする。でも、うまくできなかった。

代わりに、ポタッと水滴が落ちた。自分の涙だと薫はすぐにわかった。健祐がまた不安がる。

「薫、泣いて、」

弱ったようにつぶやいた彼は、薫に触れようとして手を宙に浮かせた。拒絶を恐れたのか自分が泣かせたと思ったのか。結局ふるえる肌に届かない。健祐の躊躇う仕草が切なくてさらに泣けてくる。

「健祐の、せいじゃない」

ようやく出せた声は自分の声じゃないみたいに怯えていた。

「でも、俺が」

「違う。違うから。健祐じゃなくて、」

本当は黙ったままのほうがいい。健祐にとっては、実母のことだ。知らないほうがいい。でも、健祐に知ってもらいたい。あの手紙で、一番に彼へ伝えたかったのはこの出来事だ。一七歳の薫は抱えてしまったこの苦しみから、健祐に救ってほしかったのだ。

「あるひとに、言われたんだ。男、同士は、き、気持ち悪いって。きた、ない、って、」

一〇年をかけ、懺悔《ざんげ》のように告白する。言葉はかたちになったことで、よりショックが増した。

自分の想いと行為を不潔だと言われた日から、薫は罪の意識と暴かれる恐怖に苦しめられるようになった。健祐を産んだ母親から蔑まれる行為は大罪だ。発覚すれば健祐と引き剝がされる。唯一の肉親である玲子の仕事も脅かされる。

それでも、卒業直前まで健祐とのセックスはやめられなかった。彼に求められていたし、薫もつなげていたかった。抱きしめられると拒めない。くちづけられれば身体を開いた。自分の意志の弱さに死にたくなった。でも、やめようとは言えなかった。

薫も健祐のことが本当に好き好きでどうしようもなかったからだ。

「母さんだろ」

冷たい健祐の声に、薫はビクッと身体をふるわせた。

「それ言ったの、俺の母さんだよな」

彼が厳しい口調で詰め寄ってくる。止まりかけていた涙が、またボロッとこぼれた。

「いつ、言われたんだ？　いつ？」

答えるのが怖い。首を振る。自分の母親が元凶だったと、健祐自身に思わせたくない。

「高二？　高三？　いつから？」

でも、彼は執拗だ。

「お願い……薫、教えて」

切実な声に促され、とうとう濡れたくちびるを小さく開いた。

好きなひとを前にして、もう我慢できなかった。

「つゆ、の」

「六月？　高三の六月？」

小さく頷く。ちょうど今の時期だ。雨の日の夕方だった。健祐の母親に言われた台詞が怖くて怖くて、その日は泊まることを拒んだ。それを、大雨だからいいじゃない、と引き止めたのはまたしても健祐の母親だった。美意識が高く気難しくて有名な彼の母親に、薫はひどく気に入られていた。

帰宅した健祐といつもどおり夕食を摂って、……そして深夜になると健祐に抱かれた。セックスの代償が怖くて泣く薫を、健祐は理由がわからないままなだめ続けた。

舐められ挿され愛されて、その身体にしがみつけばつくほど罪悪感が膨らんだ。

「薫はずっと……苦しんでたのか？」

彼の声に薫は顔を上げた。強いショックを受けている健祐がいた。

そんな顔をさせてしまったことに、薫は慌てて声を出した。

「お、おばさんは、悪くない。悪く、ないよ」

高校生のときの自分の感情がまるきり戻っている。熱い雫《しずく》が頬を伝った。

健祐の表情を見て、やっぱり言わなければよかったと強く後悔する。

なんのために一〇年前地元を離れたのか。健祐と健祐の家族に幸せになってもらうためだ。薫は母子家庭で、健祐のような家庭に憧れをもっていた。だからこそ、自分よりも健祐の家族を尊重したかったのだ。でも、健祐は医師の夢も家族も捨ててしまった。結果的に、自分のために地元を捨てさせてしまった。

……一〇年前に思ったとおりじゃないか。おれは、本当に人を不幸にする人間だ。

ボロボロと落ちる涙を止めることができない。薫はどうしたらいいのかわからなくなってしまった。死んでしまいたいくらい苦しい。こんなふうに人の人生をおかしくして、人の家族をダメにして、許されるわけがない。

「おれが、わるいんだ。おれが、ぜんぶ、」

苦しみながら繰り返すその頬に健祐が触れた。涙が指にあたってこぼれる。

「違う、薫は悪くない。絶対に悪くない」

真っ直ぐに見つめられる。薫は不安にかられて健祐の服を摑んだ。

「俺のせいだ」

違う、と返すはずの心は救いを求めていた。

「けんすけ」

名前を呼ぶ。呼吸よりも先に涙があふれる。

健祐が悪いとは思っていない。でも、自分を理解してほしい。好きな人に辛い気持ちを認めてほしい。

彼の右手が薫の背に回った。真摯な表情が頰に寄せられる。

一〇年前から恋しかったぬくもりに抱きしめられると、薫は子どものようにしゃくりあげた。

「どうしよ、って、ず、っと、どうし、よう、って、」

「ごめん。一人で苦しませて、ごめんな」

ふるえる身体を片手で強く抱きしめて、健祐が何度も謝った。

「こんなに薫が好きなのに、ずっと一緒にいたのに、……なんで俺は気づけなかったんだろう」

悔やむような声に、健祐の背に回した手で彼のシャツをぎゅっと摑む。

今わかってもらえただけでもいい。健祐が当時の自分を理解してくれたという思いが、罪悪感や不安を薄くする。

二人はそのままのかたちで静かに長い時間抱きあった。やさしい熱を感じて泣いていた薫も次第に落ち着き、現実を取り戻す。健祐が耳の下にくちびるをあててくると不意に鼓動が跳ねた。

よく知る男の体臭とくちびるの動きは、安心感を通り越して心拍数を上げるものになってくる。感情の変化に潮時を感じて、薫はゆっくり深呼吸をした。

「取り乱した。ごめん」

理性を使って、健祐を離す。片手が使えない彼はあっさり隙間をつくった。愛しいひとを心配する瞳を見て、つい無理して微笑んだ。

「健祐。大丈夫だから。でも、時間がほしい。お願い」

不穏なものを感じたのか、健祐の表情が置き去りにされる子どものようなものに変わる。彼も一〇年、不安定な中で薫を捜してきたのだ。一度彼を置き去りにした過去がある薫は、その様子に切なくなりながら続けた。

「ちゃんと答えは出す。だから、健祐のアドレス、教えて、」

「……わかった」

健祐は鞄から名刺入れと手帳を取り出した。一枚の名刺にプライベートのアドレスを書く。

右手しか使えないのは大変そうだったが、それを薫は見つめていた。彼の動作ひとつひとつが妙に新鮮に見えた。彼のことばかりを想い詰めて苦しんだ日々が、健祐への愛情をよみがえらせる。

でも、薫はなにも言わなかった。名刺を受け取ってバッグを持った。健祐も引き止めることなく玄関までついていく。

「薫」

靴を履いて振り返る。

「ここから、一人で帰れるか？」

「帰れる。タクシー拾うよ」

「そうか」

彼の右手が上がり、薫の頬に触れた。涙のあとをなぞられて、そのやさしい感触にヒクッと肌がふるえる。

「メール、待ってる」

「うん」

頷くと、健祐の顔が寄ってきた。目を閉じる。そっと、頬にくちびるがあたった。

「好きだよ」

すぐに離れた口元がかたどった言葉に、薫は照れて俯いた。返答できず、彼に一瞥《いちべつ》するとドアを開けて部屋を出た。

腫《は》れた目元を隠すようにエントランスを出て傘を差す。熱を帯びる頬に手をあてながら、今日はじめて雨でよかったと思った。当てもなく歩いてタクシーを拾う。

帰宅して靴を脱ぐと、その瞬間に独りきりで迎えた上京の日の夜を思い出した。

ずっと泣いていたあの日。

自ら大切なひとを引き剝がした猛烈な悲しみと激しい後悔が、薫の心を襲った。それは健祐の部屋で見つけたものとは違う、胸が裂けるほどの切ない痛みだ。

フラッシュバックしたもうひとつの痛ましい記憶に、薫はよろけながらリビングを目指した。頼むから落ち着いてくれ、と、自分の心へ訴える。でも、思い出した感情は堰《せき》を切ってあふれてくる。

「健祐」

名前を呼ぶと、涙腺がまた緩んだ。我慢できず両手で顔を覆うと熱い雫があふれてきた。

ソファーへすがるように腰を落とす。ぶり返した悲しみと胸の痛みに耐えようとしても無駄だった。涙は一向に涸《か》れず、途方に暮れたように薫はそこで長い間うずくまっていた。

■

冷たくなった指で参考書を開く。放課後の廊下はまだ少し騒がしいが、この教室まで入ってくることはない。西に傾いた太陽が当たる社会科資料室は、自主勉強に最も適した場所だ。薫は健祐が与えてくれる特権を当たり前のように享受しながら、カチカチとシャーペンのノック部分を押した。日本語と英語が交じり合う紙面。一昨日の日曜日、健祐からわからない部分をとことん教わった。アドバイスどおり、英文をノートへ和訳しはじめる。日々の勉強は完全に医学部受験用へシフトしている。

二学期になってから、平日は学校で勉強するようになった。この資料室は健祐が先生に頼み込んで特別に使えるようになった場所だ。放課後も学校で勉強したいという薫のワガママを、健祐は今回も叶えてくれた。彼は学年で五本の指に入る成績で、教師たちに気に入られている生徒だ。お願い事もすんなり通じる。

受験勉強の後は、いつもどおり新開家に行って夕飯を食べることになっていた。その後も日付が変わるくらいまで勉強する。そして、自転車で帰宅することもあれば、なし崩しに泊まってしまうことも多々あった。この日常ルートは、高校一年生のときから変わることなく続いている。

本当のことを言えば、健祐の家にあまり行きたくなかった。罪悪感と恐怖で押し潰されそうになるからだ。土日も図書館あたりで勉強したいと思うけれど、そこまで健祐は許してくれない。あの畳部屋が彼にとって一番良いのはわかっている。落ち着くだろうし、必要な参考書も揃っている。勉強の合間には薫と身体をつなぐこともできる。薫にとっても健祐という優秀な生徒に勉強を教わることができて、食事もほかの世話も新開家が担ってくれることは都合がいい。健祐に抱かれること自体も、好きだ。勉強なんて捨てて、ずっと愛撫されていたいと思うときもある。

ただ、健祐と身体の関係を持っている事実は、薫の中に重く圧しかかっている。

彼の家族に気づかれていないから大丈夫、という話では片付けられない。自分が女だったらよかったのだろうか、と残酷な仮定を考えて独り泣いたこともある。この辛さを誰にも吐露することができず、大きな罪悪感と大きな恐怖と大学受験というプレッシャーの中で、最近は口数もだいぶ少なくなっていた。

ノートに綴っていた文章が止まる。シャーペンを置いた薫は、引っかかった英単語の意味を確認しようと紙の辞書を取り出した。電子辞書しか持っていない薫に、紙の辞書をひくほうが頭に残るんだよ、と言って健祐が用意してくれたものだ。アルファベットをもとに単語を探す。小説や事典は好きだが、色のない辞書はあまり好きではない。

新開家や受験勉強から一切離れるのは、自宅で絵を描いているときだけだ。絵に集中する瞬間だけ、すべての鬱積から解放される。最近はある中篇小説がお気に入りで、小説のモチーフばかりスケッチブックに描いている。

もっとも、物理的に新開家から離れようと試みたことはあった。この前の高校最後の夏休みのときだ。新開家にすべてを委ねていることが猛烈に怖くなって、夏休み中は自宅で勉強すると宣言して引きこもった。しかし、家事がうまくできるわけでもなく、勉強も単独ではおぼつかないところがある薫を、健祐がそっとしておくはずがなかった。彼は薫の自宅マンションへ毎日食事と勉強道具を持って通ってきた。身体を開くことを避けていた薫も、来るたびにやさしく触れてくる健祐から逃れられず、一〇日目で服を脱いだ。健祐の粘り勝ちだ。

一度自宅マンションで彼に抱かれた後は、欲に負けた自分の意志のもろさに失望して、ベッドから起き上がれなかった。母と二人きりで住む家まで汚したような気がして一晩中涙が止まらなかった。新開家よりも実母に健祐との関係を気づかれるほうが怖いと悟った薫は、その翌日から新開家に居場所を戻したのだ。結局、夏休みも健祐に求められるまま抱かれ続けていた。

そうした生活の中で、学校は薫にとって少しだけ安息をもたらす場所になっている。学校にいる間はなにも考えなくていい。健祐がそばにいても色事に発展しないし、普通の男子高校生として振る舞える。医学部受験の対策も健祐がすべてを用意してくれて、そのとおりに進めていけばいい。

医学部から別の進路に変えることはすでに何十回も考えた。けれど、薫の選ぶ進路が自分の進路だと言って憚《はばか》らない健祐のために、進路を変えることはできなかった。それに、白衣を着た健祐をそばでずっと見ていたいという想いもあった。身長も肩幅もある健祐なら、きっと医師姿も様になって格好いいだろう。

パチッと音が鳴ったと同時に、教室が明るくなった。健祐だ。近づいてきた彼をチラと見る。

「まだ一六時だよ」

「でも、点けたほうがやりやすいよ。あ、すごいな。ページ、もうそこまでいったんだ」

彼が微笑みながら隣に座った。薫は視線をノートに戻す。

「うん」

以前に比べて、確かに文章をつくるペースは速くなった。健祐にコツを教わったおかげだ。

「薫もがんばってるし、俺も英語にしよう」

そう言って頭を撫でてくる仕草は少し照れくさい。でも、良い成績をとればとるほど、健祐は自分のことのように喜んで褒めて抱きしめてくれる。健祐の両親も期待してくれる。たまに会う実母もねぎらいの言葉をかけてくれる。

……健祐の言うとおり、自分さえがんばれば、我慢していれば、みんなうまくいくんだ。

それは、不安定な薫のモチベーションを低下させない一種の呪文だ。

健祐が隣の席で別の参考書を開く。英語は彼の得意教科のひとつで、母国語のようにノー

ト へ英文を書きはじめた。薫はわからなくなれば彼に教わるかたちで勉強を再開した。

西の太陽は染め抜かれていく。校内は静かになり、暗くなった。ときどき部活動をする生徒の声だけが響く。

薫は、健祐と二人きりでいる空間が好きだった。健祐が自分のそばから離れるのは寂しいし、切ない。その想いは嘘じゃない。

でも、健祐と一緒にいるのがとても怖くなるときがある。彼とこのまま一緒に歩く未来に、一切の希望が見出せないからだ。

ポキッとシャーペンの芯が折れた。書いていた文字がよれて、消しゴムを使う。几帳面に消していると、視線に気づく。

顔を上げれば、健祐が真面目な表情で見つめていた。

「おれ、なんか間違えてた?」

「間違ってないよ」

やさしく答えた健祐は、その指で薫の頬に触れる。

「薫は偉いな。いつも、すごくがんばってる」

「だって、がんばらないと受からないんだよ」

「うん。でも、弱音も吐かないし、ちゃんとがんばったぶんだけ、模試に反映されてる。薫を見てると、俺もがんばれるんだ」

彼のやさしい声を聞きながら、耳たぶをつままれて撫でられる。身体を重ねるときにされる小さな愛撫のひとつだ。

「あんまり触られると、勉強できなくなるんだけど」

照れ隠しにそう言うと、彼はあっさり手を離した。学校だと健祐のスキンシップも大人しくなるから良い。

「ごめん。でも、ひとつだけ、いい?」

穏やかな調子だが欲しがるものはすぐわかった。今いる位置なら万が一、教室のドアが開いても気づかれないと算段した薫は、なにも言わず間近の健祐に顔を向けた。

目を閉じると、男の熱いくちびるが重なる。健祐の体温を感じながら、浅いキスを数度繰り返す。

そっとくちびるを離した薫は、まぶたをゆっくり持ち上げた。幸せそうな健祐の微笑みがあった。その甘い表情に少しだけ救われる。

健祐はそれで一応満足したのか、問題集に戻ってくれた。勉強モードの彼に、薫もまた文字を書きはじめた。

同じ大学を志望する受験生男子が二人、互いを補い合いながら脱線せず勉強する様は、学校側から見ても好ましいようだ。完全下校の時間になって、資料室を覗きに来た社会科の先生から「きみたちは雑談もしないで真面目だなあ」と褒められた。鍵を職員室へ返してくれるという計らいに甘え、先生に挨拶した二人は真っ直ぐロッカーへ向かう。

　自転車を使って帰宅すると、健祐の家は真っ暗でひっそりとしていた。気になった健祐が、母親に持たされた携帯電話を見る。薫もそのメール文面を覗いた。

「母さん、今日帰るの二三時みたいだな。夕飯はつくっておいたから、二人で食べてって」

「そっかあ」

「お腹すいてる?」

「ちょっとはすいてるよ」

「少し、我慢できる?」

　玄関ドアの鍵を開ける彼の問いに、薫は一瞬躊躇いつつも頷いた。玄関に入り、靴を脱ぐと健祐に手を引かれる。階段を上り、畳の部屋に通される。

　明かりを点ける間もなく、健祐から抱きしめられた。

「一時間で終わるから」

　そう言ったくちびるがすぐに重なる。学校ではできなかった、キスの続きだ。

　薫は持っていた通学バッグを落として、健祐の背に手を回した。唾液を交換するような長いくちづけを交わした後、脱いだ制服をベッドに投げる。軽く反応していた乳首を健祐に舐められると、大きな背徳感が快感に変わる。

　健祐が時間制限を設けたとおり、下肢をまさぐられるのも早かった。ローションで濡れた体内が媚びるように揺れる。

「ん、……ふ、……ん、んッ、ッ、んっ」

指を噛んで喘ぐのを耐える薫に、健祐はグジュグジュと指を出し入れしながら性器をさすってい た。

「薫、気持ちいい？」

肌をヒクヒクさせながら頷く。慣れた愛撫に意識がとろけて、彼しかみえなくなる。

「薫の気持ちいい声、聴きたい」

健祐のお願いに負け、薫は噛んでいた指を外した。途端に、声がもれる。

「ん、ん、あ、……ふ、っあ、あ、ンッ！　ッあ！」

なにもかも忘れられるような強い快感に埋められたい。健祐とひとつになりたい。そう願いながら先に射精させられる。白いものでべたべたになった身体は無抵抗なまま、さらに両膝を大きく広げられた。

男のものが埋まる感触に薫はきつく目を閉じながら、彼の腕にすがった。

「う、っん……ん、はっ、ぁんっ、あ、んっ」

つなぎとめたくて、薫は無意識に腰を動かした。もっと脳が溶けるくらい気持ちよくなりたい。そして、自分の身体を使って健祐も気持ちよくなってほしい。

彼の振動に痺れながら、そっとまぶたを開く。

暗闇のそばに健祐の熱い眼差しがあった。快感に紅潮する薫の乱れた姿をどこまでも見ていきたいという表情だ。

喉を鳴らし、うっとりと瞳を閉じる。

「薫、かおる、」

健祐の求める声と動きが重なる。

「あ、けん、す、っん、あ、っあ、っあ、」

甘く突き上げてくる男の身体に、薫はぎゅっとしがみついた。

……こういうこと、やめよう。

その一言が、どうしても言えない。

健祐が一生そばに居てくれたら、という想い。こうやって抱かれ続けて果てたいという想い。でも、この感情に名前をつけたら、自分はここで生きていけない。

押し入ったまま、白い熱が体内へ注がれる。すべて受け止めながら、薫は身体をふるわせた。

「は、あ……ん、ぁ、はぁ、」

呼吸を整えていると、健祐がやさしく耳の横にくちづける。彼の手は薫の頭をあやすように撫でた。

「薫は本当に偉いよ」

至近距離で動く口元を見る。薫は頭を軽く浮かせて、その下くちびるを舐めた。もたげてくる不安を取り除いてほしかった。健祐は頭や首を撫でながら、薫からのキスをじっくり受け止める。くちびるを何度もあわせて、そして少し顔を離した。

「まだしたいって、顔してる」

「……してない」

「してなくても、ご飯食べた後、俺はするよ」

「ご飯食べたら、おれは風呂に入る」

「じゃあ、風呂の中で。しよう、薫」

「……うん」

「俺、夕飯の用意してくるから。薫はゆっくり下りてきて」

薫の返答を待たず、健祐は素早く立ち上がって電気を点けた。私服にサッと着替えて部屋を出て行く。

そっと身体を起こした薫は、一〇センチ高い背を目で追い続けた。階段を下りる音が聞こえ、明るくされた彼の部屋で全裸のまま取り残される。

新開家にたいする痛烈な罪の意識と絶望がよすがのない心へ覆いかぶさった。薫はたまらず手で胸をギュッと押さえてうずくまる。痛い。息ができないくらい、痛い。苦しい。

……こんなことを、していていいわけがない。健祐の両親に本当に申し訳ないことをしている。

世話になっている新開家の次男の道を踏み外させているのだ。このままこの家に、この地元に居続けていいとは思えなかった。とても悪いことをしているとわかっているのに、今回も止められなかった。きっと、この後も止められない。

健祐とセックスをするたびに懺悔している。自分は最低な人間だと思ってしまう。男同士で、こんなことをしてはいけないのだ。でも、男の性器を突っ込まれて、女みたいに感じている。男なのに、汚れている。そんなことばかりが、ぐるぐると頭の中を駆けめぐる。

……早く落ち着かなきゃ。健祐が下で待ってるんだ。

薫は苦しみながらも、そう言い聞かせてゆっくり呼吸を繰り返した。大丈夫、大丈夫。時間をかけると、次第に心も落ち着いてくる。どうにか痛みをやり過ごせたことにホッとして、健祐から教わったとおりに後処理をする。部屋着を身につけてパーカのチャックを上げた途端、涙がポロッとすべり落ちた。耐え切れなかった一滴を、薫は慌てて拭った。

……健祐にこんな姿を見せちゃダメだ。

ただでさえ、この家のお荷物で汚れた人間だ。男に抱かれて悦ぶ人間なのだ。でも、健祐が医学部に行くまではがんばろうと決めている。せめて、受験が終わるまでは健祐の邪魔にならないように振る舞わないといけない。

変な鼓動を打つ心臓をなだめるために、もう一度胸に手をやる。大きく深呼吸する。薫は鏡で表情を確認する。

……まだ、大丈夫。まだ、がんばれる。

心に念じて、薫は彼の待つリビングへ駆け下りていった。

■

梅雨の最中にあらわれた青い空は、希望を見出すような色に満ちていた。夏至を過ぎた晴れの日。今日は傘がいらない。素敵な土曜日だ。

人出の多い中、薫はバッグにスケッチブックを入れて夕刻の地下鉄に乗っていた。昼に起床して夕方くらいまで、ずっと絵を描いていた。先週買ってきた南米小説のワンシーン。久しぶりに色鉛筆で紙をなぞる感触を楽しんだ。

懐かしい感情は、日を追うごとにやさしい気持ちで受け止められるようになっている。心に宿る想いも、今は温かな気持ちで認められる。

そんなふうに落ち着いてきたのも、先週くらいからだ。健祐の家から帰宅した後の数日は、感情を整理できず泣いていた。上京したとき以来の止まらない涙に、薫自身も途方に暮れて仕事を休んだ。

何日も仕事を放置しておくことは不安だったが、事務所の面々はなにも言わずそっとしておいてくれた。仮病を黙認してくれる皆へ感謝する一方、薫は自分のセクシャルにたいして皆から内心どう思われているのか、と小さな猜疑心《さいぎしん》を抱くようになっていた。特に女性には「気持ち悪い、不潔だ」と完全否定された過去がある。

三日ぶりに出社した薫は、最も反応が気になる雪子と麻奈をつかまえて、念のため尋ねてみた。『男が好きな自分のことが気持ち悪くないのか』という今更な質問をされた二人は、びっくりした顔で薫をまじまじと見つめ、口を揃えて「絶対にそれはない」と答えてくれた。不安に感じていたことが解消されると、これまでの鬱憤が嘘のように晴れ渡った。いつもどおり仕事をして皆と談笑する中で、過去がゆっくり自分のものになっていく。その感覚を得るたび、健祐を想う。

自分を偽らなくてもいい、ありのままを認めてくれる環境にいる。高校のときに受けた言葉も傷も事実も、もうこわくない。健祐のことが好きな気持ちも薄れていない。むしろ、あんなふうに真摯に告白され、辛かった想いを抱きしめてくれて、愛しい想いは増すばかりだ。

……でも、まだ健祐と会うのは少し躊躇っちゃうんだよなあ。

彼の胸で泣いたのは六月のことで、カレンダーはもう七月だ。半月以上経った。健祐は薫の願いどおりに姿を見せず、教えたメールアドレスにも催促の連絡は来ない。気持ちをちゃんと整理したいという想いを、彼はちゃんと汲んでくれている。一〇年経っても、今まで逢った中で一番良い男だと思う。

だが、自分は一〇年前に地元も健祐も捨てた人間なのだ。捨てるために相当の覚悟を要した。一度捨てたものを取り戻すことも、同じように相当の覚悟を要す。今更健祐と会ってなにを話せばいいのか。考えれば考えるほど悩んでしまう。

会いたいとは思う。健祐を恋しく想うときにあらわれる罪悪感もだいぶ薄れている。でも、気持ちを口にするのはやたら勇気がいる。最後の踏ん切りがつかない。

……絵とかデザインで表現するなら、パパッとやれるもんなんだけどなあ。

言葉は難しい。いつもならば率直に発言できる薫も、健祐にたいしてだけ、どうにも素直になれないところがある。

困ったものだ。そう自分のことながら思っていると、アートカフェの最寄り駅に着いた。夏らしい爽やかな裏通りを一人のんびり歩けば、年上らしき男に声をかけられる。でも、薫はもう遊ぶ気になれなかった。すげなくかわして、ビルの階段を上る。

ウッド調のドアを開けると店内は賑やかだった。カウンターにも男性が二人仲良さそうに座っている。薫は端の空いている席を陣取った。気づいた新が笑顔を見せながらカウンターに入ってくる。

「あら、薫ちゃん。お休みどきに来るのは、珍しいんじゃない？」

確かにいつも混雑を避けて来ているが、今日はそれも気にならない。

「うん。お腹すいたから」

素直に来た理由を答えると、新は呆れた表情でメニューを差し出した。

「遊びから戻ってきた子どもみたいな発言よ、それ」

「飲み物はビール」

「頼んでるものはオトナね」

口元を緩ませて用意してくれる新に、重ねてハンバーガーセットを頼む。忙しそうな新はオーダーを受け取って、ちょっと待っててね、と目配せをしてくれた。ウェイターが代わりに運んできた食事をゆっくり摂りながら、家から持ってきたスケッチブックを開く。

夜明けの街灯、アーモンドの樹々、石で敷き詰められた広場、奥の教会。

高校時代に入れ込んだものは今でもすごく好きなんだなあ、と思う。南米文学も、健祐も。

これと高校のときに描いた絵を比較してみたいとも思うが、あいにく当時のスケッチブックは手元にない。ただ、今よりも格段にバランスが悪く、線も色も稚拙だろう。

「薫ちゃん、なに見てるの？　あら、見せてよ」

戻ってきた新が、後ろから絵を覗く。色合いから、薫が描いたものだと気づいたようだ。

新にスケッチブックを渡した。

「素敵だわ、この絵。今回は色鉛筆で描いたの？」

カウンター内におさまった新はうっとりとスケッチブックを眺める。薫の絵を心から好いているのだ。

「こないだ画材屋で買ってきたんだ。色鉛筆で描いたのは学生のとき以来だよ」

「そうなのね。夜明けの神秘的な雰囲気がすごく出てる。薫ちゃんの色づかいって、ゾクッとするくらい良いのよねえ。羨ましいくらい」

新の感想を聞いていると、テーブルに置いてあるスマートフォンが振動した。メールの送信者を確認する。意外な名前に、薫は思わず手を取った。

海外に住んでいる母親からだ。すぐに内容を確認する。

『薫は元気かしら？』からはじまり、先週から一時帰国している、という文章が目に留まった。一ヶ月ちょっと滞在しているから会わないか、という簡潔な文だ。しかも、理由も場所も指定してある。

『今年はおばあちゃんの一三回忌です。お寺の手配はもうしました。余裕があれば、一日でもこちらに来られない？』

日程は、今月の連休にあわせてあった。

薫は今年が祖母の一三回忌だということを完全に忘れていた。高校一年生のときに亡くなって、もう一二年経つのだ。

……お母さんに会うとしたら、三年ぶりくらいだっけ？

母、玲子の顔を思い浮かべる。あのときは地元ではなく、国際空港の出発ロビーだった。

「ちょっと、なんかあったの？」

新の声が聞こえて、薫は顔を上げた。だいぶ考え込んでいる雰囲気だったらしい。

「今、母親からメールが来た。一時帰国してるって」

すると、新は想定外だったように表情を変えた。

「あら、戻ってらっしゃったの！　どこの国に行ってたの？」

「中東の奥のほうとか言ってたかなあ。派遣先が変わるかなんかでこっちに戻ってるらしいよ」

「すごいわねえ。それで、会うんでしょ？　お母様は地元にいらっしゃるの？」

「うん」

「会ったらいいじゃない。一棋もすぐ休みくれるわよ」

さらっと言うが、薫はさらっと答えられなかった。

「……うん」

「地元、行きたくないの？」

率直に訊かれても、なんと答えればいいのかわからない。母も病院を辞めて新開家とは縁が薄くなっているようだし、彼女にはすでに自分の性趣向を伝えてある。放任主義で個人の意向を大切にする母は驚いたものの、マイノリティーな一人息子を否定しなかった。それなりに認めてくれている。

「薫ちゃんは、地元に何年帰ってないの？」

「一〇年だっけ？　いや、おばあちゃんの七回忌のときに一瞬だけ帰省したな」

あのときは最寄り駅からタクシーを使って直接寺に行き、母と現地集合、駅で解散したのだ。実家や町内はノータッチだった。

「もう、あんたも健祐くんも、びっくりするくらいイイコよね」

しみじみと話す新を、じっと見つめた。新は薫の表情を読んで、笑みを浮かべた。

「言ってなかったけど、薫ちゃんが健祐くんと口論した後に、彼から律儀なメールが来てたのよ。すみませんでしたって。詳しいことは言わないけど」

「じゃ、言わなくていい」

「じゃ、胸に仕舞っとく。それで、行くんでしょ？」

機嫌を損ねなかった薫を確認して話を戻す。健祐との関係が悪化していないことを、年長者は悟ったようだ。

「そうだなあ。日にち的にも、行けるし」

ただ、すべて思い出したことで余計に辛くなったりしないか少し心配だ。良い思い出もたくさんあるが、悪い思い出は本当に重い。

「おばあちゃまも喜ぶわね」

行くと決めたものだと思って、朗らかに言う新の言葉はかなり心に染みた。祖母のことは好きだし感謝している。

……シンさんの言うとおり、おばあちゃんも喜ぶだろうし、お母さんも会いたいって言ってるわけだし。

「そうだな。行くか」

ようやく薫は決意した。

……後でスケジュールを見直して、母親に連絡しよう。

「薫ちゃんは、上京した理由を一切自分から話してくれないけど、本当に何かあったのね。まあ、そりゃあ、あるわよね」

確かに、新に上京理由をきちんと話したことはない。一棋にもない。親しい人たちにも、肝心なところを薫はいつも曖昧にしていた。薫自身も健祐と再会するまで、ずっと当時のことを丸ごと心の奥底に封じ込んでいたのだ。

「いつか、話せたら話すよ」

苦笑する様子に、新は労《いたわ》りを込めた眼差しを返した。

「無理して言わなくていいのよ。過去がどうであれ、薫ちゃんの居場所は、もうここにもちゃんとあるんだし。でも、なんか思い出すわ。薫ちゃんと会った頃のこと。こうやってあなたの絵を見たときに、すごくセンスがある子だって思ったのよね。専門学校行ってた頃だったかしら。もう、お肌ピチピチでプリップリであどけなくって」

スケッチブックを渡されながら、薫は笑顔を見せた。新の口ぶりに気分も軽くなる。

「シンさんが言うと、アレなんだよなあ」

つぶやけば、口をとがらせた新が肩をすくめた。

「なによ、アレって。でも、薫ちゃんは最初まったく気づいてなかったわよね、自分のかわいさと才能。それだけのもん持ってて、自己評価がなんで低いのか疑問だったのよね」

はじめて聞いた彼の思いに、飲んでいたグラスを置いた。

「そんなこと思ってたの？」

「思ってたわよ、だからいろいろ仕事紹介したんじゃない。でも、あなた依頼を言い値で受けちゃうわ、値切られてるのに仕事できるだけマシって言うわ、いざ仕事はじめるとすぐ栄養失調になるわ、シンさんこれでもけっこうハラハラしてたのよ。覚えてる？　あなた四回くらい支払い踏み倒されてんの」

「でも、その中にはお金じゃなくて、なんか貴金属を代わりに報酬でもらったりもしたから、ないよりまだマシ」

「だからあんた、金でもらいなさいよ！　しかも、それこのカウンターに置いて、ごはんのお金とか言ってたのよあんた！　びっくりしたわよ」

「今はちゃんと全部お金で報酬もらう契約してるし」

「それはシンさんがすっごく怒ったからでしょ。ほら、やっぱり薫ちゃんは、今もなんとなく自己評価が低いところがあるのよ。謙虚なのはいいことだけど」

新の言い分を聞いて、薫は唸った。自己評価が低いと思ったことはないのだ。

「まあ、今もデザインの仕事をしてることはラッキーだと思ってるよ。地元にいたときは絶対無理だと思ってたから。美術の成績も普通だったし」

地元にいた頃は美術教師に褒められるどころか、色の組み合わせが独特だ、日本の風景にあっていない、とよく指摘されていた。でも、今思えば、何度描いても艶っぽい雰囲気や色づかいになってしまう薫の絵は、そもそも学校教育に適していなかったのかもしれない。

「おれより健祐のほうが器用なんだよ。学校でも評価高くて目立ってて、先生とか先輩にも気に入られてたしなあ」

彼のそばにいて、いつも恩恵に与《あずか》っていた。健祐のやさしさを思い出して、薫は甘い想いを密かに広げる。

「まあ、彼はイケメンの部類よね。それ以上に雰囲気がすこぶる良い男だけど」

「だろ？　おれは容姿だけでもパッと見、神経質か大人しく見られるんだよ。だから仕事の交渉にはハンデがあったし、やり取りも面倒だったし」

デザインがいくら上手で才能があっても、世渡りする力としたたかさがなければ世間でやっていけない。薫も第一印象がどれだけ大切なのか、フリー時代によく学んだ。ただ、印象を良くしても足元を見るクライアントは少なくなく、人間同士の金と権利のやり取りに疲れたところはある。

「踏み倒されただけじゃなくて、何度かもめたこともあったものね。……まあ、今は一棋のところにいるから安心だけど」

「そうそう。だから、もういいんだよ」

　新は交渉事のうまい一棋をよく知っている。薫も入社についてそれなりに悩んだが、今は良い選択をしたと思っている。

「それが薫ちゃんの良いところよね。終わったことにあーだこーだ悩まない。仕事にもお金にも恋愛にも女々しくないの。本当、見た目と違って」

　感嘆するようなマスターの言葉に口元を緩める。言われるとおり、外見と中身のギャップに戸惑われることは多いし、去っていくひとを追わないドライなところはある。でも、新は理解してくれている。

「ほら、終わったことはしょうがないって思うからさ。それより、前向いたほうが楽しいこともあるし、うじうじしてても時間がもったいないじゃん」

「普通、そう思うのって難しいもんよ。薫ちゃんはそれが生まれつきできるのよね。気持ちの切り替えもすごい早いし」

「そうかな。母親もそんな感じだから、遺伝？」

その言い方に、新が「すごい遺伝ね」と笑う。そして続けた。

「でも、健祐くんのことだけは過去のことだって言いながら、怒ったり困ったり悩んだり、」

鋭い指摘をされて、薫は口を噤んだ。

「薫ちゃんにとって、健祐くんは本当に特別なんだなって、シンさんは思ってます」

新の言うことは間違っていない。未練や後悔という、薫には無縁だった感情を教えたのは健祐だ。安心感や喜びだけでなく、辛いことも苦しいことも健祐を通して知った。たくさん泣いた。でも、嫌いにはなれなかった。一〇年経っても、彼への想いは失われなかった。

……もう健祐以上のひとはあらわれないと、おれも思うんだ。

「薫ちゃん。健祐くんとまた二人で来なさいよ。これはシンさんからのお願いよ」

見つめてきた新のお願いは本気だ。健祐への想いに嘘をつけず、微笑んで答えた。

「そうだね」

大きく頷いて笑顔を見せた彼がカウンターから離れていく。薫は年上の友人を見送ると、そっと健祐のメールアドレスを開いて眺めた。

乗り換えた鈍行列車を降りると、爽やかな緑のにおいがした。高い建物がない駅は、小さなロータリーに小さな売店を置いて静まっている。駅員のいる窓口へ切符を渡す薫の横を、同じ車両に乗っていた女学生が通り過ぎる。

久しぶりに来た地元駅は相変わらずの佇《たたず》まいだ。七回忌のときは、この駅を降りた瞬間に母が予約してくれたタクシーへ飛び乗ってそのまま寺に向かっていた。景色を見る余裕もなく義務感で法事を終え、また逃げるように列車へ乗ったのだ。

今回は日帰りではない。法事や母に会うためだけでなく、地元に置いたものを整理するための大事な帰省だ。

駅前にタクシーがいないことを確認した薫は、正面にあるバス停の時刻表へ歩み寄った。実家がある地区へは路線バスが通っている。実家のマンションそばにあるバス停名くらいは覚えていて、薫は記憶を頼りに確認した。

「あと五分で来るか」

腕時計と見比べて、バスを待つことにする。自分の住んでいた町内もおそらくほとんど変わっていないのだろう。

頭上に広がる快晴の空は、地元へ薫が来ることを歓迎しているような色合いだ。明日からの三連休、この土地は晴れ続けてくれるという。亡くなった祖母の粋な計らいなのかもしれない。夏の日差しの中で待つのは暑かったが、風が通るぶん東京に比べればだいぶましだ。

今や地元は、ただの懐かしい土地だった。嫌悪感も恐怖も後ろめたさもあらわれないことに、薫自身驚いていた。貼り付けられている路線図をもう一度見てみる。新開病院前、という名前のバス停を見つけても胸はざわつかない。いくつもある停留所の通過点でしかない。

……七回忌のときよりも、気持ちがすごく楽になってる。これも健祐のおかげだよな。

大きく変わった心境の変化は、間違いなく健祐がもたらしてくれたものだ。薫は心の中で彼に感謝しながら、駅前にやってきたバスへ目を向けた。町営バスの行き先を再度確認して、並んでいた数人の最後に乗り込む。

窓際に座った薫は動きだす景色を眺めた。駅から実家までバスで一五分もかからない。地元には山があって、田畑がある。国道をずっと走り続ければ、やがて海があらわれる。自然が多い穏やかな景色。車道すれすれに自転車を走らせる児童や学生。薫も一〇年前までは、この土地の子どもだった。

一昨日、健祐にはじめてメールを送った。

『今週の連休に地元へ帰省することにした。土曜日に、祖母の法事があるから』

薫の文面にたいする返信は早かった。

『わかった。連絡してくれて、ありがとう』

簡潔な内容だったが、彼は来るだろう。どの時点で来るかわからないが、健祐は薫へ会いに来ようとするだろう。

……無理して来なくても、いいけどさ。

窓に頬杖をついて、つぶやく。彼も働いている人間だ。仕事が忙しいのは知っているし、地元は東京からだいぶ距離がある。

……それに、地元に来ても東京に戻ってからでも、おれの気持ちは決まってる。

それでも彼に帰省を伝えたのは、薫なりの誠意だった。健祐に会いたいとか話したいとか、好きだとか言う前に、この土地に残っているものをきちんと整理したい。法事は良いきっかけだ。母と会うこともできる。

スーパーや本屋が集まる十字路を路線バスが越えて、薫はブザーを押す。次に着いたバス停で降りると、綺麗に花開くタチアオイを見つけた。すくっと背を伸ばして色づく白と淡紅に微笑む。東京で咲いていたものと同じ色だ。花の美しさは、どの土地でも変わらない。

主要道路から一本奥まったところにある低層マンションのエントランスに入る。一軒家が多い地区でマンションはかなり珍しいが、広くしっかりしたつくりだ。その最上階の角部屋が岸和家の実家にあたる。

母には、新幹線を降りたときに一度メールを送っていた。予定していたとおりに着いてインターホンを押す。

まもなくドアが開いた。笑顔の母、玲子が出迎える。

「薫、おかえり」

三年前に国際空港で見て以来の彼女は、黒髪をひとまとめにしてシンプルな服を着ている。彼女は若くして薫を産んだだけあって、今も五〇歳に満たない。見た目も若くて年齢不詳だ。ただ、暑い地域で医療活動をしているせいかだいぶ日焼けしている。

「ただいま」

「時間どおりに着いたわね」

「飛行機じゃないしね。どっちにしようか考えたけど、どっちもどっちなんだよ」

どちらにせよ帰省に時間のかかる土地だ。母もそれはわかっているようで、同意するように笑う。

「とりあえず、荷物を置きに行ったら？　部屋はそのままにしてあるわよ」

一人息子との再会にたいし、母はいつもドライだった。そんな器量でなければ、単身海外に出て暮らすことはしないだろう。薫は靴を脱いで、キャリーバッグを持ち上げる。

「早速悪いけど、法事の準備手伝ってくれない？」

「いいよ。ちょっと待ってて」

答えながら自分の部屋に入る。自室を見て、薫は一度立ち止まった。

そこは一〇年前からなにも変わっていなかった。当たり前だ。荷物をほとんど持たず地元を飛び出したのだ。母は息子同様、息子の部屋もそっとしておいてくれたのだろう。

だが、感傷に浸る暇はなかった。帰省は今日を含めて四日間。その間に法事だけでなく、この部屋の整理もするのだ。

……時間的にけっこうバタバタだけど、時間をかけてもやることは同じだ。

薫はバッグから土産の品を取り出してリビングへ向かった。式服を広げている母親へ、洋菓子の缶と祖母用に好きだったかりんとうを渡す。そして、一棋にお願いしてもらってきた栄養ドリンクのサンプルもあげた。息子の手がけた製品を母は一番喜んだ。

母に頼まれるまま薫も動いて、地元での最初の夜はすぐに過ぎた。翌朝はタクシーで寺に行き、墓掃除と祖母の一三回忌。二人しか親族がいないのは寂しいが、なにもしない家庭よりはいい。法事を終えると、薫は前日母親に伝えていたとおり夕食をおごった。

目的の行事が済んだ後はなにもする気が起きず、早々に就寝した。前夜は少し緊張して寝付けなかったが、肉体的疲労とちょっとした達成感は良い作用をもたらしたようだ。地元に滞在していることが不安要素にならずに済んでいるのは、きっと母親のおかげもあるだろう。母、玲子の強さを分けてほしいと少し願った。

ぐっすり眠った翌日は完全な休日だ。早起きをした薫は、母親の淹れてくれたコーヒーを飲んで気持ちを高めると自室へ足を向けた。

ドアの一歩手前で、一〇年前からそのままの部屋を見る。たくさんの想いと品が詰め込まれた場所。東京の自宅へ郵送してもらう段ボールは一箱で済まないと早々に踏んでいて、母親に数箱分用意してもらっている。片がつけば、だいぶスッキリするに違いない。

「さて、やるか」

小さく宣言した薫は、壁に広く高く設置された本棚の前に立った。この部屋は画材よりも書物のほうが格段に多い。絵本から、児童書、小説、図鑑、事典、教科書、参考書、問題集と薫をかたちづくったすべてのものがここに収められている。本好きにさせたのは、亡き祖母だ。欲しい本に関しては金額もジャンルも関係なく無条件に与え続けてくれた。

薫は取り出しやすい位置に並んでいる小説を見た。一〇冊以上の南米文学作品。目に入った一冊を手に取り、ページを開く。印象的だった物語の一行目を見つけた。当時の青い感覚が訪れる。今も好きだと思える文体。

時々海外旅行をする薫も、まだラテンアメリカへ行ったことはない。今も未知の場所だ。未知だからこそ、想像力が豊かに羽ばたくのだ。パラパラと紙をめくり、ここにある小説をすべて持っていこうと決めた。

あわせて、隣にあるスケッチブックの棚へ目を向ける。昔の絵も、今の薫にとってはインスピレーションを与えてくれる宝物だ。

初期の頃のスケッチブックを取り出し、開いてみる。薫は苦笑した。面白いくらい稚拙だった。恥ずかしいと思えるほどだが、色づかいはすでに中学生らしくない妖しさと艶やかさがにじんでいた。改めて、自分の個性を再確認する。

スケッチブックは本よりも選別に時間がかかりそうだ。いくつも見ながら、シンさんに

一冊あげようと思った。母親にも欲しいものがあればあげたい。

高校時代のスケッチブックを引き寄せる。このあたりから、小説のタイトルが絵の裏に書かれるようになった。はじめはいろんな海外作品の情景を絵にしていたらしい。推理小説や童話の題名が記されている。一年生の冬頃のスケッチブックから、南米小説のタイトルがあらわれはじめた。

船の上の食卓。軒下のブーゲンビリア。教会の横に咲く時計草。知らない花の名前が出てきたときに、インターネットや図鑑を開いて描いていたことを思い出した。絹のシャツと亜麻のシャツをどう描き分けるか悩んだこともあった。布の質感を大人に訊いて触ったこともある。思い描いたことをかたちにするときだけはいつも真っ直ぐだった。

そして、高校三年生の頃のスケッチブックを開く。キャラバンの列。はためくテント。演奏を終えた音楽隊。月と砂漠とランプ。よれたベッドにうずくまる少女。夜にたたずむ独りぼっちの少年。

絵は、ページをめくるほど暗くなり妖艶さが増した。まるで自分の心の色が、スケッチブックに染み込んだようだ。自分の作風の直接的な原点を見て、なんとも言えない気持ちになる。

薫は感傷に浸らないよう気を配りながら、スケッチブックを選定した。整理に没頭していると、玲子に呼ばれる。時刻は昼食の時間だった。食事のことを言われるとお腹がすいてくる。昼食は冷やしそうめんと焼き茄子、イカとシソのてんぷらで、薫は母親と向かい合って食べた。当たり前の食卓かもしれないが、母の手料理を食べる習慣がほとんどなかったせいで、このたびも不思議な気持ちになる。

「部屋の整理は順調？」

食後、母が湯飲みを渡して訊いてきた。薫は土産の洋菓子を取って頷く。

「うん、今日中にどうにか終わらせる予定。お母さん、スケッチブックで気に入ったやつ持っていっていいよ」

健祐から以前聞いたことを思い出して言うと、彼女は嬉しそうに微笑んだ。

「あら、ありがと」

「派遣先、次はどこなの？」

「前と地域は同じ南アジアよ」

そう返して、玲子は土地の名前を息子に伝える。ニュースなどで聞いたことがある響きだ。

「って、そこ、ヤバイとこなんじゃないの？」

「そうよ、紛争地帯だもの。でも、そういうところほど医療は必要なのよ。薫は、心配？」

母親の問いかけに少し呆れてみせる。どのみち言っても聞かない女戦士のような母だ。

「お母さんはそういうのに携わってないと、生きてる気分にならないんだろ」

さすがよくわかっているわね、と、玲子は答えてお茶を飲んだ。

「それで、薫、ちょっと真面目な話になっちゃうけど、」

彼女の言葉に、洋菓子を食べ終えた薫は目を合わせる。

「今回はひときわ死と隣り合わせの地域での活動になると思うの。だから万が一のこと、少し覚悟していてほしいかな」

息子にたいして酷な宣告をするあたりが現実主義者なのだが、薫も動じず頷いた。

「あと、この家もあなたに譲渡するつもりで知り合いの司法書士さんに話す予定だから」

「わかった。おれからなんかすることはある？」

「うーん、この家すぐ売ったりしないでね、ってくらいかしら？　帰国しても家がないのは辛いかな」

続く母の台詞に少し笑う。しかし、身の引き締まる話だ。

……おれも、お母さんにはちゃんと話しておいたほうがいい。

母が薫に覚悟を伝えるなら、薫も伝えたいことがある。過去のままにしておけない、未来につながる健祐のことだ。彼が薫へ会いに地元に来る可能性はまだ捨て切れない。

「お母さん、おれも話があって。……健祐に会ったんだ」

意を決して彼の名を口にする。すぐ母は驚いたように訊き返した。

「あなた、健祐くんに会ったの？」

「こないだ仕事の関係で、偶然再会した」

答えると、玲子は懐かしむように目を細めた。

「偶然だったの？　院長先生が、健祐は絶縁してもう二度と敷居は跨がせないって言ってたから。上京したのは知ってたけど、元気してる？」

「元気だよ。ばりばり働いてる」

「それならよかったわ。薫も東京に住んでるんだし、」

健祐をよく知る母は明るく言うが、薫は神妙な表情を返した。その緊張が伝わったのか、玲子が少し姿勢を正す。なにかあるようだと察したらしい。

なんと言えばいいのか、薫が考えていると、先に彼女の声がした。

「あのね、薫」

「え、なに？」

「ずっと訊きたくて訊けなかったことが、ひとつだけあるんだけど」

ずっと、という言葉に引っかかって母を見る。玲子は一拍置いて切り出した。

「学生のとき、あなた、健祐くんとなにかあったでしょう？　普通じゃないことで」

薫は大きく目を見開いた。思いもよらなかった質問に、すっかり表情を変えたせいで『はい、そうです』と認めてしまったことに薫は気づかない。

「地元を突然離れた理由、健祐くんにあるんじゃないかって思っていたの。薫は、性別関係なく、人を愛せるんでしょう？」

玲子は悟ったようにきわどい質問を重ねてきた。今の言い方は健祐と恋愛として付き合っていたのかどうかをそれとなく訊いている。薫は視線を下げて黙った。自分から話し出すのはともかく、母から先に言われてしまって、緊張が倍になる。

肉親からどんな言葉を投げられるのか少し怖い。でも同時に、健祐は数年前にこうした思いを新開家ですでにしてきたのだ、と、彼の覚悟に改めて気づく。

不自然に固まった息子を見て、玲子は慎重に言葉をつなげた。

「別に薫を非難するとか、そういうのじゃなくてね。言いたくなかったらいいのよ、あなたも分別つく大人なんだし。一応、私がそう思った理由は聞く？」

「聞くよ」

「薫が上京した後のことなんだけどね。当時はまだ新開病院で働いていたじゃない。健祐くんが私のところに来て、薫のことを聞いてきたの。あなたが誰にも教えないでって言ったから、私はそのとおり守ったんだけど。すごかったのよ。あの健祐くんが土下座して薫の居場所を教えてほしいなんて」

薫がいなくなった頃の話をはじめて聞かされて、健祐の行動に驚いた。

「ど、土下座！」

「そうよ。しかも毎日。さすがに大病院の息子が、雇われ医者の私をつかまえて毎度土下座してるのはまずいでしょう。院長先生にお願いしてやめさせたんだけど」

健祐のパニックぶりは容易に想像できて、薫は顔を引きつらせた。

「アイツ、バカじゃないの」

「バカって言わないの。でも、健祐くんがあんまり必死に薫を捜しているものだから、私もかわいそうで教えてあげようと思ったくらいよ。教えなかったけどね」

聡明な母親の話に、心から感謝する。

「そっか。ありがと」

「私も健祐くんより息子のほうが大事だから。ただ、それから健祐くんと薫が普通の関係ではなかったんじゃないかって思いはじめて。くっついたりじゃれあったりは男の子でも普通だと思うけど、あなたたちの場合は、なんかこう、違和感があったのよね。ずっと、その違和感がなんなのかわからなかったんだけど」

「……うん」

違和感、という言い回しに動悸が速くなる。

「触り方といえばいいのか、眼差しというか、テンポというか。あなたたちは小さいときから、いつも周りが見えないくらい二人の世界になっていたけれど、……いつも確かめるように触り合ってたわね。二人にしかわからない言葉を使ってるみたいに見つめ合ってて、まるで、恋してるような、」

恋なんていう、かわいいものではなかった。

高校時代はセックスありきの関係だった。彼女の言う違和感は、性的な雰囲気だ。快楽を知る互いの身体は何気ない触れ合いにも甘い色を潜めていた。それを母は思い返した情景で察したのだろう。そうでなければ、健祐との関係を疑うはずがない。

躊躇いながら表現する母親の顔が見れなかった。耐え切れず両手で顔を覆う。

「ごめん。お母さん」

毅然《きぜん》とした告白よりも誤りの一言を発してしまったことに、母はわずかな沈黙をつくり、そっと息を吐いた。

「そうなのね」

「本当にごめん。言うとおり、健祐と、」

してた、まではさすがに生々しくて言えず、口を噤む。妙な動悸と冷や汗に、薫は目を開けられない。性のカミングアウトをしたときより緊張している。肉親に軽蔑されるのは、新開家に全否定されるより辛い。

「そう。なんと言いますか、……うん、そうね、聞けてよかったわ」

母親は時間をかけて思ったことを引き出す。よかった、という言葉の響きにまぶたを上げた。

「お母さん。最悪だって思わないの?」

「好き合ってたなら、仕方ないでしょう」

思った以上に抵抗なく受け入れた母に薫は驚きつつ、尋ねてみた。

「それ、健祐には訊いてみなかったの？」

するると、玲子も呆れた表情をする。

「訊けないわよ、そんなこと。今薫に聞くまで、これは私の憶測でしかなかったのよ。それに病院を辞めるまでは、その仮説を信じたくなかった。私はセクシャリティーに偏見はないと自負していたけれど、一人息子のことになると別だったのよ。今の告白、あなたが上京するときに聞いていたら、私もパニックになったと思うわ」

母親らしい発言に、薫は少ししゅんとする。

「ごめん」

「今は違うわよ。海外でその手の友人もけっこうできてね、性別で人の恋愛を許す許さないを決めるのはナンセンスだと悟ったの。それに、あの悲惨な現場を見てたら、もう息子が生きてるだけでいいんじゃないかって、……それで好きな人と一緒になれるなら最高じゃない。だから、薫と健祐くんがそういう想いで一緒にいたのなら、私は許そうと思ってるのよ」

真剣に自分のことを考えてくれていた母に感動すると同時に、普通の息子でいられなかったことを申し訳なく感じた。

「お母さん」

息子の声に、玲子は微笑んだ。

「薫、そんな顔しないで。私は逆に、これでスッキリしたわ」

安心させるような母の言葉に救われ、ずっと秘めていた気持ちを伝える決心がついた。

「お母さん、あのさ、」

「なに?」

「おれは、夢があるって地元を飛び出したんだけどさ。それも嘘じゃないんだけど……健祐に幸せになってほしくて、ここを出ることにしたんだ。アイツには将来の立場がある。すると、おれは足かせだよ。おれと、つ、付き合っても、どうにもならない。新開の家は、そういうのは絶対に許さない。お母さんの仕事にもいつか支障がくるって。そしたら、おれがこの土地を出るしかないって、そう思ったんだ」

それが上京した最大の理由。一〇年仕舞い込んでいた想いだ。

「薫は、……偉いわね」

玲子が当時の決断を労るようにつぶやく。

「偉くないよ。やめようって、最後まで言えなかったんだから」

首を振って返せば、胸に懐かしい感情が染みてくる。セックスをやめようと言えなかった情念、罪悪感、未来への絶望。

沈黙した薫の向かいで、母は尋ねた。

「その選択は、今も後悔してない?」

薫はすぐ頷けた。答えるのは簡単だ。

「今の仕事はすごく楽しいよ。あのとき上京を決断しなかったら得られなかったものが本当にたくさんあるんだ」

「でも、健祐くんにはなにも言わずに別れたんでしょう。そこは、後悔しなかったの？」

それには頷けなかった。別れるもなにも、はじまってもいなかったのだ。でも、薫は上京して大切な愛を失ったように何日も泣いた。健祐は、薫を忘れられず捜し続けた。

「後悔してないって言ったら、嘘になる」

母を見て、薫ははっきりと答えた。心の奥底で一〇年もわだかまっていたのは、それだけ健祐への強い想いと悔いがあったからだ。

「それで、健祐くんと再会したって言ってたけど、どうするの？」

核心を突いてくる問いとともに、インターホンが鳴った。薫はビクッと身体をふるわせた。

……アイツ、この状況で来るのか。

良いのか悪いのかわからない。新たな冷や汗をかきはじめる息子をよそに、母が首を傾げて立ち上がる。

「誰かしら？」

「健祐」

「薫、呼んだの？」

驚く母を急かすように、もう一度インターホンが鳴る。

「帰省するって、メールした」

母は息子の言葉を聞き、すぐ玄関へ向かった。薫も立ち上がって彼女の後ろ姿を追う。

玄関には、スーツに近いきちんとした身なりの健祐が立っていた。夏用のシックなジャケットを着込んでいる。薫へチラと目線を向けたが、母の玲子に用があるという表情だ。袖からわずかに出ている左手首から、骨折が治っていることを薫は確認した。

「玲子先生、お久しぶりです」

「健祐くんは、相変わらず元気そうね。とりあえず、中に入らない？」

母が薫に目配せをする。三人でリビングに戻った。

手土産の和菓子を渡した健祐は座る様子もない。彼の腕を小突いた薫は、ひとまず一言で現状を伝えた。

「今ちょうど、おまえとのこと話してた」

わざわざ小声で言ったのに、健祐は玲子にも聞こえる声で訊き返した。

「話したのか？」

そして、床へ膝をつこうとする。薫は慌ててその行動を制した。

「健祐。土下座はやめろよ」

「そうよ、もう土下座はやめてよね」

軽く呆れながら母が健祐の前にお茶を置く。かかさず健祐は背の高い身体を折り曲げ、深く玲子に頭を下げた。

「すみませんでした」

緊迫した謝罪に、耐え切れず名を呼んだ。

「健祐」

「全部俺が悪いんです。なにも知らなかった薫を唆《そそのか》したのは俺です。薫を精神的に追い詰めていたことも、俺は気づけなかった。それどころか、想いや進路先を強要して苦しめていました。反省しても、過去のことは取り戻せないとわかっています。でも、玲子先生には謝りたいんです。本当に、申し訳ありませんでした」

身体を折り曲げたきり顔を上げない男の姿に、薫は戸惑った。そう思ってくれていたのは嬉しいが、健祐がそこまで罪悪感を持たなくていいとも思う。

聞いていた母が大きくため息をついた。その仕草に薫もドキッとする。

「そんな、謝ったって仕方ないでしょう。私も、憤ったって仕方ないのよ」

先ほど薫に話していたように、健祐にも彼女ははっきり答えた。ようやく彼の身体が起き上がる。

「玲子先生」

「人の恋路を邪魔するほど、愚かなものはないわ。私もシングルで薫を産んだ身だから、よくわかります。でも、健祐くん、顔あげて」

玲子に言われ、健祐が顔を上げる。その途端、パンッと、彼の片頰が鳴った。

母が健祐に平手打ちをしたのだ。突然のことに、薫は止める間もなく唖然とした。

健祐は痛みよりその行為に驚いたのか、ハッとしたように玲子を見る。当の彼女はあっさりした表情で、打った右手をひらひらと振っていた。

「ごめんね。薫の母として、一発だけケジメをつけさせて」

健祐も真っ赤になった頰を押さえもせず、彼女の言葉にもう一度頭を深く下げた。

「すみませんでした」

「私は、健祐くんが悪い子だとは思わない。薫のことがすごく好きなのよね？　ただ、順序と方法を間違えただけで」

母親が健祐の感情を認める。健祐は大きく頷いた。

「はい。今も薫がすごく好きです」

母親の前で自分への愛情を告白する彼の愚直さが嫌いではないことが妙に申し訳なく、薫は言葉をはさんだ。

「お母さん、ごめん」

謝った息子へ玲子は困ったように微笑んだ。

「あなたも謝らないの。私はあなたに母親らしいことはしてやれなかったんだから、謝るのは私のほうよ。本当に、ごめんね」

彼女の小さな悔恨を聞き、薫はかぶりを振った。

「いいよ、それは」

見返した母の瞳は強く、やさしい。

「だからそのぶん、死ぬまで私はあなたの味方よ。あなたのことは信頼してる」

ね、と言わんばかりに口元を上げて、健祐にも瞳を向けた。

「どんな道であれ、自分にはこれしかないってものを選びなさい。それを選んだあなたたちを、私はちゃんと認めるから」

いつも日本にいない彼女は、薫と健祐を守ったり助けたりすることはできない。でも、薫はその台詞をもらえただけでもありがたかった。自分たちは、もう子どもではないのだ。

二人が頷くのを見届けた玲子は、胸の前でポンと両手を合わせた。

「はい、この話は終わり。そろそろ買い物に行こうかしらね。健祐くんも一緒に夕飯食べるんでしょう？」

壁時計を見た母親が、軽くそんな提案を口にする。薫も驚いたが、健祐はその倍驚いた顔で口を開いた。

「い、いいんですか？」

訊き返したくなるのは当然だ。しかし、母はわだかまりを見せずすんなり頷く。

「いいわよ。じゃあ、薫。私は一時間くらい出かけてくるわ」

そう言い残してリビングを離れた彼女は、財布とエコバッグを持って二人に軽く手を上げ、挨拶すると出て行った。

玄関ドアが閉まる音を聞いて、顔を見合わせる。

「……玲子先生はすごいな。俺の一番尊敬するひとなだけあるよ」

健祐はすっかり玲子のパワーに気圧《けお》されていた。薫も我が母ならわかってくれそうだと多少期待していたが、ここまで理解のあるひとだと思っていなかった。

「なんなんだろうな、あのひと。一生、おれの超えられない壁だ」

産みの親だが、玲子はやはり普通のひとではない。今回の件でそれを痛感する。

「いや、薫もすごいよ。岸和家には見習うことがいっぱいある」

健祐が惚れ惚れすると言わんばかりに岸和母子を褒める。

「よく言うよ。ほっぺた、痛くないか？」

微笑んだ薫は彼の片頬を間近で見る。玲子の手のかたちが真っ赤に残っていた。

「お母さん、思いっきり叩いてたけど」

「実は、けっこう、」

苦笑する彼は否定しなかった。かなり痛いのだろう。

「だよな。あのひと怪力だからな」

「でも、大丈夫だよ」

目尻を下げて、健祐が答える。薫は「そっか」とつぶやいた。

「健祐。話そう、おれの部屋で」

続けた言葉に彼が頷いて、自室へ移動する。

わざわざ来てもらって悪かった、と言うよりも早く健祐の声が聞こえた。

「来る前に連絡したほうがよかったよな。そういうの、完全に忘れてた」

すっかり反省している言い方に、薫は振り向いて口元を緩める。彼の背中に触れ、慰めるようにポンと押した。

「いいよ、おれも来ると思ってメールしたから。左手首は治った？」

何気ないボディタッチと言葉で、健祐の表情は途端にほぐれた。相当緊張していたのだろう。薫は彼の気持ちが手に取るようにわかった。

「ほぼ治ったよ。一応、包帯巻いているけど。負荷はまだかけないほうがいいかな」

「そっか。でも大事にならなくてよかったな」

二人で自室に入る。整理中だったこともあって、段ボールと本が占拠している。

「ここ、久しぶりだ」

彼が懐かしむように見回した。この部屋で健祐と何度か勉強したことがある。一度だけ彼と身体をつなげたこともある。そのときは実母への罪悪感で苦しんだが、……彼女にすべてを知ってもらった今では、懐かしい過去の一部となった。

「健祐にあげた作品、ここにもあるんだよ」

ベッドに載っている書物の中から、一冊の本とスケッチブックを手にした。どちらも高校三年生の記憶が詰まったものだ。

「一番、絵にした話だったから」

健祐にスケッチブックを渡してベッドの縁に座らせる。彼は黒ペンで書かれた日付を見て、表紙を開いた。色彩は最初から暗く哀しげだ。薫は彼の隣に座ってハードカバーの目次を開く。その中にある、ひとつの中篇。いろんな作品を読んだが、この話を書いた南米作家は別格だった。色彩豊かな文章と、むせかえるような哀しみがこもった物語は薫を慰めた。

重々しい記憶と心情と物語が重なる。学生時代の薫は、健祐に鬱積を一切見せなかった。心の苦しみはすべてスケッチブックに閉じ込めた。内容が暗い小説をよく読んでいたのも、明るくない絵ばかり描いていたのも、辛く苦しい想いを解放させるためにあった。

健祐が広げているスケッチブックには、右側の真っ黒い世界から左側の真っ白い世界へ飛び出す少女が描かれている。閉塞的な世界から抜け出したい、と叫んでいるような暗闇と光の対比があった。

ここも、充分辛い想いを溜めた場所だ。高校三年生の薫は、この部屋で生きる術《すべ》をたくさん考えた。たとえば、健祐と一緒にすべて捨てて駆け落ちをする。健祐にすべてを告白して医者になり、病院に勤めながら一生守ってもらう。そんなことが簡単にできれば苦しまずに済んだかもしれない。健祐は薫に命をかけてくれるだろう。彼は死んでも自分を裏切らないという確信は、当時からあった。でも、それら打開策は実行されなかった。結局、独りでこの土地から離れることを選んだ。

「薫は、この話が本当に好きだったんだな」

絵よりも、その裏にあるタイトルを一枚一枚確認する健祐の言葉に、薫は頷く。

「うん」

「でも、幸せな話じゃないよな」

「そうだね」

「家族や土地からひどい目にあわされて、そこから逃げるような主人公の話だったよな」

手紙とともに置かれていた文庫本にも、この中篇小説は載っていた。彼はきちんと読んだのだろう。

「そんな感じだね」

「薫はこの主人公みたいな気分だったのか。そんなにこの土地が、俺が嫌だったのかって思ってた」

健祐はそういうふうに解釈したのか。嫌いになって、地元と健祐から逃げたと思ったのだろう。確かに、嫌な思いはした。でも、健祐にたいしては違う。

「嫌いじゃなかったから、離れる選択肢しか浮かばなかったんだよ」

一〇年前の手紙に書いたとおりのことを、今の薫も答えた。

「ああ。俺はなんにもわかってなかった。本当に、なんにも」

彼はスケッチブックを閉じた。今は当時の薫の想いをわかってくれている。それは、薫の心を満たして安心させる。

「おれも、なにも言ってなかったから……言えなかったんだよ、どうしても」

当時の気持ちを理解してくれる彼へ詫びるように伝え、沈黙が訪れる。時間を動かすように健祐の手が動いた。

「俺は、あのとき薫を失ったことを知って、わかったこともあるんだ」

スケッチブックを横に置いた彼が静かに話しはじめる。その横顔を薫は見つめた。

「薫のいない町にいても意味がないんだって。俺にとって必要なのは昔も今も薫だけだ。薫がいたから俺はここにいて生きていられたんだ。薫がここを捨てたなら、俺にとってもここはもう用のない場所だよ。だから、簡単に捨てることができた。地位も名誉も同じだ。薫がいないと、全部俺にとって意味がないんだよ」

命をかけるような告白に愛しい想いが込み上げてくる。この一〇年、健祐が本気で想っていたことなのだろう。

「俺はこれからもずっと、薫が好きだ。やっと逢えた大切なひとなんだ。薫がいない人生なんて考えられない。でも、俺のことが嫌なら引くんだよ。俺は、薫の嫌がることはしたくない」

ほのかに照れた顔で、薫は首を振った。

「健祐は、おれの本当に嫌がることはしてないよ」

愛の重い男だが、薫にたいしては負担にならないよう努力をしている。ただ性格的に、どうしても情が深く重くなってしまうのだ。薫は器用な健祐の不器用な部分が、かわいいと思えている。

「本当に？　しつこいとか、重いとか、思ってないか？」

しつこくないかと心配しながら、しつこく念を押すあたりが本当に健祐らしい、と、薫は少し笑った。

「それがなくなったら健祐じゃないだろ」

「なら、またこの前みたいにデートしたり、会いにいったり、そういうこと、しても許してくれるのか？」

「いいよ」

慎重に窺う声を安心させるように彼の瞳に伝える。

「俺は、ずっと薫のことを好きなままでいい？」

真摯な眼差しで見返され、薫は彼といる未来を感じた。

明日からまた東京で生きていく。そこに健祐がいる。それだけではなく、デザイン事務所の仲間たちやアートカフェのマスターや、いろんな人たちが自分を待っている。

手紙を書いた一〇年前と比べる必要がないくらい、自分で築いた新たな人生が続いていた。薫も健祐も自分の進む道を確立して、自分たちに責任がとれるようになった。当時のような悲壮感も罪悪感も生まれることはない。

……もう、一人で泣いたりしなくていい。

「うん」

微笑んで頷いた。健祐の手が持ち上がって薫の頬に触れる。

「薫を抱きしめたい」

男の甘い仕草と声に、そっとハードカバーを置く。

「いいよ」

途端に、彼の両腕できつく抱きしめられる。健祐の体臭と温度を愛しく感じた。好きなひとから愛される喜びに、薫も健祐の背に腕を回した。

……この想いを、これからは自分だけの秘密として抱えなくてもいい。

「好きだよ、薫」

耳元でささやかれる言葉がくすぐったい。嬉しくてたまらない。薫も想いに応えた。

「おれも、健祐のこと、好きだよ」

薫の小さな告白に、健祐が愛する頬へくちづけた。互いの鼓動を感じる。

「本当に？」

「うん」

頷いて、薫のほうから口元を寄せた。くちびるが触れ合うと瞳を伏せる。

健祐との一〇年越しのキスは、思い描いていたよりも温かく柔らかく薫を満たした。想いを確かめるようなくちびるが離れると、健祐は腕の力を緩めて身体を離した。

薫は目を開けて、健祐と顔を見合わせる。少し照れくさかったが、彼は真面目な表情だ。

それを見れば、次の台詞がすぐわかった。心の底でずっと待っていた言葉だ。

「薫。俺と付き合ってください」

緊張した面持ちで健祐が言う。薄く腫れた頬に薫は指で触れた。赤い痕は許された証だ。

喜びを隠し切れず笑みがこぼれる。答えに躊躇いはなかった。

「はい」

その回答を聞いた健祐は、泣きそうな顔でもう一度薫を抱きしめた。

Distancia del final.

【フィナル・ディスタンシア】

地下鉄を二回乗り換え、薫《かおる》は目的地のプラットフォームに降り立った。シルバーとブルーで彩られた車両が動きだすのを横目に、少し速い歩調で出口を目指す。会いたい気持ちが、この駅に着くといつも行動にあらわれる。まるで恋したばかりの学生のようだと自分でも思う。

……今日はもっと早く会える予定だったからなあ。でも、難航してたデザインパターンが仕上がってホッとした。

薫は爽やかな安堵《あんど》とともに見えてきた改札口から大切なひとを探した。思い描いていたとおり、改札外で健祐《けんすけ》が立っている。目が合うと待ちわびたように軽く手を上げてくれて、薫は笑顔になった。

「健祐、ごめん。けっこう待たせた」

ＩＣカードをかざして通過し、一〇センチ背の高い彼のそばに寄る。愛情を隠さない眼差《まなざ》しに、午後まで根詰めて働いていたストレスが瞬く間に抜け落ちていく。

「薫、お疲れ。このまま家に行くか」

「行く。健祐の家で、まったりしたい」

明るい表情で答えると、健祐も頷《うなず》いた。

盆明けに面倒な依頼を受けて、薫は先刻までずっと繊細な作業に追われていた。今朝までに終えるつもりだったが、納得のいかないデザインが数点あって、急遽《きゅうきょ》待ち合わせを夕暮れ時にずらしてもらったのだ。電話越しの健祐は、デザインは大事、好きな時間に来ていいよ、と、恋人を尊重する言葉をかけてくれて、薫は俄然《がぜん》がんばれた。おかげで、ようやく休日らしい土曜日を満喫できる。

地上に出ると、晩夏の空は美しいグラデーションで暮れはじめていた。緩い暑さの中で、身体をほぐすように伸びをする。東京でも下町の風情を残しているこの地区は、緑の少ないぶん情緒がある。健祐の家まで散歩気分だ。

「九月になっても、まだまだ暑いなあ」

残る夏の気配を拾う薫の横で、健祐は穏やかな笑みを浮かべる。

「家はエアコンつけたままだよ。おなかはすいてる？」

「んー、そんなに。ここに来る前に事務所に寄って、ドーナツ二個もらったから。健祐は？」

「俺も昼食が遅かったから、まだ減ってないな」

「あ、そしたら、コンビニ寄っていい？　アイス食べたくなった」

薫の要望に、健祐は迷わず最寄りのコンビニエンスストアへ進路を変えた。店内に入ると、冷蔵庫のような涼しさに包まれる。好きなメーカーのアイスを見つけた薫は手早く精算して、ついで反対側にある陳列棚へ足を向けた。

最近、コンビニエンスストアへ寄るときにかならず確認しているものがある。

……よし。ここにも、ちゃんとあるな。

新発売記念パッケージの栄養ドリンクを見つけ、薫は安心した。終わった仕事は振り返らない入れ深い主義だが、この商品だけは別格だ。健祐との縁を一〇年ぶりにつないでくれた、思い製品なのだ。

手がけられたことを改めて感謝しながら眺めていると、横から手が伸びる。

「買うの？」

ひょいと銀と紫のパッケージを取った健祐は、当然のように頷いた。

「がんばってる薫に、プレゼント」

「女性向けじゃん」

「でも、薫のデザイン、俺は好きだから」

彼がまたレジに戻る。真っ直ぐな愛情表現に気恥ずかしくなりながら、薫は先に店外へ出た。

アイスを食べはじめていると健祐がやってきて、今度こそ家を目指す。

「あっという間だなあ。春が来て、夏が来て、」

ソーダ味のアイスにくちびるをつけながら言うと、隣で声が続く。

「秋は薫の誕生日があるから、俺は楽しみだよ」

彼の前向きな発言を好意的に受け止めて重ねた。

「その一〇日前に健祐の誕生日があるじゃん。なんか、すんの？」

「しようか。良い案あるか？」

「んー、考えとく」

機嫌よく答える。健祐と未来の話ができることは、とても嬉しい。

一八歳まで住んでいた地元から二人で帰ってきて、一ヶ月半近くが経った。その間に薫の母親は出国し、デザインを担当した栄養ドリンクも発売された。健祐とは恋人同士になったところで頻繁には会えない状況だが、週に一度は時間をつくって彼の家へ遊びに行っている。先月の盆休みは、離れていた時間を取り戻すようにずっと二人だけの世界で過ごした。

今は、幸せという言葉の意味をゆっくりかみ締めている。健祐と付き合うことにした、と、事務所のメンバーや新《しん》には報告済みで、全員が我が事のように祝福してくれた。新には『振り回された甲斐《かい》があったわ』と目尻に涙をためて喜ばれ、薫はなんとも言えず苦笑したものだ。

「一昨日、春里《はるざと》さんに会ったよ。シンさんのカフェで」

アイスに集中していると、健祐が口を開いた。デザインづくりで忙しい薫に代わって、新たちと親しくしているようだ。それは良いとして、先刻事務所で会っていた人物の話に、薫は喉を鳴らすと訊《き》き返《かえ》した。

「一棋《かずき》さん、そんなこと一言も言ってなかったけど。なんかおれのこと言ってた?」

「薫がまた鶴の恩返しみたいにパーテーションでフロアを仕切って、そこから出てこないって。ピリピリしてて近寄りにくいとかって言ってたよ」

「そりゃ、難易度の高い依頼受けてくるからじゃん。一二日間で一五パターンとか無謀すぎるんだよ」

「でも、文化庁がからんだプロジェクトなんだろう？」

「そうだけどさあ。それも、さっき全部終わらせて一棋さんに押しつけてきたんだけど」

大きくため息をついて、こぼれそうなアイスの端をかじる。

「偉いな、薫は。本当にすごいよ」

薫を心から称《たた》える言葉は昔から変わらない。嬉しくなりつつも健祐を見る。労《ねぎら》ってくれる彼は薫以上に努力する男だと、幼い頃から知っている。

「健祐だって、おれを待ってる間は書類さわってたんだろ」

すると、彼が苦笑して頷く。お見通しなんだな、という顔を見た薫は小さく笑った。アイスを食べ終えて、のんびり話をしながら心を通わせる。マンションの敷地に入ったところで、名を呼ばれた。

「薫。今だから言う話だけど、」

「なんだよ？」

少し硬い声質に、隠し事でもあったのか、と、エントランスを通りながら薫は首を傾げる。

「実は俺、薫の名前をネット検索したことがあるんだ」

突然の彼らしい告白に破顔した。

「おまえならやりかねないと思ってたけど。やっぱり、したことあったか！」

「あるよ。本気で捜してたんだから。でも、何度やっても出てこなかった。そのことを一昨日春里さんに話したら、教えてもらったよ。薫の名前はアルファベット表記でしかサーチで引っかからないようになってるって。その手があったかって、検索したら本当にそのとおりだったんだ。しまった、って思ったよ。もっと早く気づいてたら、再会も早かったんだろうな」

アートカフェで知ったということは、一棋と新に散々からかわれたに違いない。想像するだけでおかしく、真面目に過去を反省している男の背を叩いた。

「健祐って頭がかたいとこあるもんなあ」

「違うよ。薫が柔軟すぎるんだ。あやかりたいくらい」

「なら、おれは健祐の人付き合いの丁寧さとか、すっごくあやかりたいけど」

「それはあやからなくても、俺は薫のそばにいるんだから、好きなだけ手伝うよ」

いくらでも頼っていいと言う彼に、薫の頬は緩む。愛されている実感にあわせて甘い熱もじんわり広がっていく。

家の鍵を開けた健祐に促されて入った部屋は、ほどよい冷気と彼のにおいで満たされていた。仕事の疲れと大好きなひとがそばにいる安心感で、薫は畳に座り、ついでゴロンと横になった。畳の触り心地は懐かしく、昔と今がつながってゆく。

健祐と出逢って、一八年。いろんな想いを経験した。

目を閉じる。健祐がそばに座ったのがわかった。薄いシャツ越しに、彼の体温を感じる。

「ここに、薫がいる」

感動するようにつぶやいた男の手に自分の手を重ね、薫はまぶたを押し上げた。

「いるよ。まだ慣れない？」

「少しだけ。俺にとっては、今が奇跡みたいなものなんだ。こんなふうに大好きな薫がいて、薫に触れて、」

指と指が絡まる。愛情を与えるような仕草から、健祐がテーブルを避けて薫の隣に寝転がった。そして、懐かしい記憶を共有するように抱きしめてくる。薫は彼の胸元に顔を埋めて息を吸った。

「おれも、……こんな未来があるなんて、思わなかった」

一度手放した健祐がいる。もう離れないと彼は誓ってくれた。薫も、この手を離す気はない。

「健祐」

名前を呼ぶと、くちびるが重なった。ついばむようなキスが少しずつ深くなる。

彼のくちびるを、薫はよく覚えていた。そして、抱きしめられた身体は、はじめから健祐のためにあったようにすべての愛撫《あいぶ》とかたちを覚えていた。一〇年ぶりに身体を重ねた夜は嬉しくて泣いた。翌日、熱を出して起き上がれなくなるほど、枷《かせ》が外れたように求め合った。

あのときも今も、健祐に抱かれることを想うと鼓動は速くなる。健祐とのセックスを散々思い出していたけれど、大好きなひとに抱かれることがこんなにも気持ち良いものだと思わなかった。今までの経験がなんだったのかというくらい、激しくて痺《しび》れる。

「薫の舌、甘い」

長いくちづけを離した健祐がささやく。薫の脱がして欲しいという仕草を手伝うと、彼は圧《の》しかかってきた。指と舌で丹念に愛される。内部にも健祐の熱を入れてほしくて、薫は喘《あえ》ぐ口元で言葉をつくった。

「健祐、はやく、」

早くひとつになりたい。そう察した彼が、薫の性器を撫でて嬉しそうな表情をした。健祐にまた抱かれるようになって感度が良くなった身体に潤滑剤が塗られる。

「薫、はやく、ほしい？」

少しいやらしい問いかけに、薫は瞳をうるませて頷く。健祐が押し入る感覚に浅く息を継ぎながら身体をふるわせた。

「う、ん。……っ、あ、けんすけの、すき、」

たまらず彼の熱を締める。開いた両脚の中で、健祐に見つめられ想いのまま突かれる。強く感じた薫は頬を紅潮させて仰《の》け反《ぞ》った。

「あっ、ん、っい、ぁあ、ッあ、っあ！」

律動にふるえると健祐はさらにペースを上げた。波打つ体内に、一等深い感覚が訪れて注がれる。薫が抜かれる肉を名残惜しく感じていると、健祐の指が収縮する部分に入り込んだ。

「俺のだけ、」

そう言いながら、味わった中をさする。どろっとした体液が柔肌を滑った。

「薫は、もう俺だけだよ」

念押しするような男の宣言がくすぐったい。

「きれいな薫の乳首」

皮膚を這う健祐のくちびるが、そう言って胸の突起を舐《な》めはじめた。性感帯を執拗にまさぐられ、薫はもう一度激しく突かれたい欲望のまま彼の雄を触る。ゆるく勃ちあがるところを、指で上下させた。

「健祐の、すごい、」

「薫の、抜いていい？　いっぱい出る？」

健祐が挿入のために、もう一度身体を起こす。

「うん。……あっ、んっ、」

先ほどとは違い、薫の性器を愛撫しながら下肢を埋める。しごかれる指と出し入れされる運動に、甘く翻弄された。

「は、あっ、あ、っ、イッ……ッ！」

吐き出した精は健祐の指が受け止めた。彼が薫の精液を舐めて微笑む。扇情的な仕草に、健祐の弾力ある熱を締め付けた。

「ぅん、っ、あ、……ン、あ、け、す、っ、あ、ぁ、あ、ンっ」

体液がぐちゃぐちゃになって重なる音は快楽を増幅させる。濡れた指と指が重なって、力がこめられ放たれる。ビクビクとふるえる身体は健祐の欲をいっぱいに受け止めた。息を継ぐ暇もなくくちびるを吸われ朦朧《もうろう》としてくる。

身体を愛されたいと願うほど、健祐の愛撫と挿入は執拗で甘い。ベッドに移ってからも情熱的に揺すぶられ、薫は意識を手放した。

次に目を開くと、健祐の胸板に抱かれていた。

「あ、健祐。ごめん」

イキすぎて失神するなんて久しぶりだ。いくらセックスしても意識だけは保つ努力をしているが、今回は彼の執拗さと仕事の疲れに負けてしまったらしい。照れ隠しに目を伏せれば、撫でていた健祐もはにかんだ。

「俺のほうこそ。薫とするといつも止まらないから」

確かに一度セックスがはじまると健祐は止まらない。学生時代より、しつこくなっているような気もする。

「乳首とかアソコとか、まだジンジンしてるんだけど」

抱きしめている男をちょっとだけ非難すると、健祐は逆にキラキラした目を向けた。

「ジンジンしてるの？」

なんて鸚鵡返《おうむがえ》しに訊きつつ、該当スポットへ手を伸ばしてくる。

「触るなよ、もう」

カマをかけた薫は単純な健祐に笑った。彼は大人しく手を滑らせる方向を変える。薫が意識を失っている間に、身体を綺麗にしてくれたようだ。

頬を彼の胸板にくっつけると、それだけで幸せな気分になった。頭をゆっくり撫でられ、まぶたを閉じる。彼の鼓動を聴く。呼吸を繰り返す。

そして、一息吐くと、薫はぱっちり目を開いて身体を起こした。

大きな仕事を必死に片付けて、締切より一日早く一棋に投げたのには理由があった。健祐に会いたかったから、という想い以上に、遣《や》り残《のこ》していたことがここにひとつあったのだ。

「健祐。あの手紙って、どこに仕舞ってる？」

動きだした薫の問いに、健祐も軽く上半身を起こす。目線をラックに向けた。

「手紙は、あそこだよ。そこの棚の、」

ベッドに座った薫は、健祐の言ったところに焦点を合わせる。すぐに文庫本のタイトルを見つけた。

「ちょっと、いい？」

健祐の身体をまたぐ。何度も深く愛されたせいか下肢はふらついていたが、歩けないほどではない。薫はベッドに素脚を下ろすと、スケッチブックにはさまれた手紙を抜き取りに行った。よろよろしながら白い洋封筒を手にしてベッドへ戻る。あぐらをかく健祐の身体に割り込んで背中を預けると、彼は後ろから両腕を巻いて薫の痩身をホールドした。

薫の肩に顎を置いて動向を見守る健祐と同様、薫自身も沈黙して手紙を見つめる。

今より若さがにじむ文字。健祐と自分の想いを、時を超えて閉じ込めていた手紙。

文章の影には、本当の言葉があった。

自分を見つけてほしい。苦しんでいる自分を救ってほしい。健祐に、抱きしめられたい。

一〇年前に書いた気持ちは、今も胸の中にある。辛く苦しかった想いを決して忘れることはないだろう。でも、手紙に封じたままでいる必要はない。すべては健祐を愛すると決めたときから、本当に過去のものとなったのだ。

中心線を探すように手紙の縁を両手で持つ。健祐は薫を抱きしめたまま見つめていた。

躊躇《ためら》いなく、手紙を破く。

ビリッという音とともに、健祐の驚く声が後ろから聞こえた。

「薫、それは、」

「手紙はもう必要ないだろ」

真っ二つとなった手紙を一つに重ね、シーツの上に置いた。

もう二度と健祐に封をした想いを送ることはない。これは、最初で最後の手紙だ。

身体を傾け反らして、彼の瞳に映る自分を見つける。

「おれも健祐もここにいるんだよ」

見つめながら静かに伝えると、腰に巻かれた腕は強くなった。

「絶対に、俺は薫を離さないから」

健祐らしい台詞に薫は顔を綻ばせる。そして、頷く代わりにそっとくちびるを重ねた。

281 Distancia del final.

POSTSCRIPT

AIKA NAKA

拙書「ラ・エティカの手紙」を手に取っていただき、ありがとうございます。はじめまして、名嘉あいかと申します。初作品にもかかわらず読んでくださったお気持ちに、ありがたやーと手を合わせて拝みたい気分です。

久しく再会する二人と学生時代の回想が交互に展開する当作品は、社会人モノと学生モノの物語を同時に執筆している心地でした。特に学年を経るごとに変化するアダルトシーンは書いていてかなり楽しかったです（笑）。他にもインスピレーションを受けた南米文学に触れてみたり、スペイン語を使ったり、作中のカンパリオレンジは花言葉ならぬカクテル言葉で「初恋」だったり、だいぶ遊びを入れてみた反面、好きなものを盛り込みすぎると自分の首が絞まることも学びました。さじ加減は大切ですね……。

さて、おはなしづくりでは、各人の性格を捉えるためにあらかじめ星座を決めています。このたびは蠍座×射手座のカップルで、特に攻の健祐は星占いで言われているザ・蠍座を目指しました。（蠍座が皆健祐みたいな性格だと思っていませんが、お気を悪くされたらごめんなさい。）ちなみに主人公の薫は、読書好きな射手座の中でもかなり内向的なタイプです。

タイトルにある「ラ・エティカ」は、哲学用語で「倫理」の意味をもち、婉曲させ「感情を抑圧した」という意味合いで活用しました。「薫の感情や想いを封じ込めた手紙」が隠された真のタイトルです。

また、素晴らしいイラストを添えてくださいましたyocoさまには深くお礼申し上げます。ラフのやり取りからキャラの多さにご面倒をおかけしていると気づき、大変申し訳なくなりました。素敵な薫と健祐たち、そして美しいアングルを描いてくださり本当にありがとうございます。彼らの世界が一層鮮やかになりました。

そして、担当さま。はじめて尽くしの中、毎度丁寧にご教示くださり、たくさんのことを学ばせてもらいました。ありがとうございます、という言葉では伝えきれないほど、出逢えたことに感謝しております。また、雑談のしすぎでお仕事の邪魔をしていたに違いないと恐縮しておりますが……お話ししていてとてもとても楽しかったです。また美味しいお店とか教えてください（笑）。

さらに、デザイナー関係のお仕事に関して助言をくれた友人、励ましてくださった友人知人の皆さまにもこの場を借りて感謝申し上げます。

最後に、拙書を通して出逢えたあなたさまへ深い感謝と愛を。ささやかでも生活の潤いとなり、幸せをお贈りできていれば私は何より嬉しいです。

次の機会が訪れた際は、より精進した文章と表現を、素敵なおはなしを届けられますように。そして、お手に取ってくださったあなたさまと書物を通してまた会えますように。そのときを楽しみにしております。

名嘉あいか

名嘉あいかHP
http://fermata.rash.jp/

初出：
ラ・エティカの手紙…………書き下ろし
Distancia del final. …………書き下ろし

SHY BUNKO 043

ラ・エティカの手紙

名嘉あいか・著
AIKA NAKA

ファンレターの宛先

〒101-0065　東京都千代田区西神田3-3-9大洋ビル3Ｆ
（株）大洋図書 SHY文庫編集部
「名嘉あいか先生」「yoco先生」係

みなさまのお便りお待ちしております。

初版第一刷 2015年8月11日

発行者………山田章博
発行所………株式会社大洋図書
〒101-0065　東京都千代田区西神田3-3-9大洋ビル
電話 03-3263-2424(代表)
〒101-0065　東京都千代田区西神田3-3-9大洋ビル3Ｆ
電話 03-3556-1352(編集)
イラスト………yoco
デザイン………MO
印刷・製本………大日本印刷株式会社

ISBN978-4-8130-4142-9